Liebe auf samtenen Pfötchen

Dieses Buch ist ein Roman, der auf realen Begebenheiten beruht. Katzen und Katzeneltern gibt es in Wirklichkeit, während weitere Personen teilweise erfunden oder verfremdet dargestellt wurden.

© 2016 Herstellung und Verlag: BoD – Books on Demand, Norderstedt.
ISBN: 9783741272486

© Cleo Maria Kretschmer 2016

© Cover und Bilder: H.J.Müller

Zu diesem Buch:

In Dorfen, einer bezaubernden Kleinstadt in Bayern, kommen pünktlich zum Frühjahrsbeginn drei wunderhübsche Kätzchen zur Welt, genannt Zi Zi Peh, Lani und Don Paulino. Also zwei Mädchen und ein Junge. Für Leilani, ihr Frauchen und die Katzeneltern Maui und Mo Lee breitet sich das Glück über die ganze Erde aus. Die Kleinen wachsen wohlbehalten heran und erkunden die Welt, neugierig wie sie sind. Als Lani gerade drei Monate zählt, verliebt sie sich unsterblich in den riesigen zehn Jahre älteren Nachbarkater Penny. Wie ein Sonnenstrahl tanzt Lani in sein Herz. Eine Liebe beginnt, die sich mit der von Romeo und Julia vergleichen lässt. Zehn Jahre währt dieses Glück, eine Liebe, die selbst der Tod nicht scheiden kann. Eine Erinnerung an so eine Liebe darf selbst im größten Gedächtnisfegefeuer nicht verblassen, meinte Zi Zi Und so überredete sie ihr Frauchen und den Nachbarn Jo, ihr beim Schreiben der Geschichte zu helfen. Die Erinnerungen an Penny und Lani sprudelten aus ihr hervor wie eine Quelle zwischen den Felsen. Erinnerungen an eine Katzenliebe, tiefer als der Ozean.

Die Erzählerin:

Zi Zi Peh ist eine der liebsten Katzen, die jemals in Dorfen das Licht der Welt erblickt haben. Grauweiß und schwarz getigert, gibt sie der Hauskatzenschönheit jede Ehre. Neugierig blickt sie mit ihren riesigen, wundervoll runden hellgrünen Augen in die Welt hinein – und sie merkt sich alles. Ihr Frauchen schreibt Bücher – das findet sie toll. Schon in Kindheitstagen entscheidet sie Einzelkatze zu sein. Sie braucht ihr Frauchen und sonst nichts zu ihrem Glück. Neidlos beobachtet sie das Leben ihrer Schwester Lani, der schon im zarten Alter von drei Monaten die große Liebe begegnet. Zehn Jahre schwebt sie mit Penny auf rosa Wolken. Und genau diese Lovestory wird Zi Zi dir, dem geneigten Leser, jetzt erzählen, in Memoriam Penny und Lani.

                                                      Miau

Die Hauptpersonen

Zi Zi Peh

Lani

Penny

und ihre Freunde

Rudi

Bärli

Nemo

Liebe auf samtenen Pfötchen

erzählt

von der Katze Zi Zi Peh

Gewidmet

allen Katzenfreunden

von 10 – 120 Jahren

Inhalt

011	Es war einmal vor gar nicht langer Zeit
029	Es gab Tage an denen die Sonne sich anscheinend schämte
043	Der Sommer war ins Land gezogen, es wurde heiß und stickig
058	Ehrlich miaut, ihr Menschen seid komische Tiere
075	Seit ein paar Tagen wache ich immer später auf
086	Menschenglück ist nie von Dauer
101	Potzblitz und zugenäht und dreimal schwarzer Kater
116	Die Hoffnung ist ein Seil
131	Tä tä rä tä heute ist mein Geburtstag
145	Vor einem der größten Fragezeichen
160	Ein Unglück kommt selten alleine
175	Es war an einem späten Sommertag
191	Ist es nicht so
206	Ich glaube, es war ein regennasser März
220	Ja – und dann kam das Jahr
239	Epilog

Es war einmal vor gar nicht langer Zeit...

Genauso könnte die Geschichte, die ich euch erzählen werde, beginnen, wenn sie ein Märchen wäre.
Doch sie ist wahr.
So wahr wie die Sonne jeden Morgen aus dem Osten aufsteigt um die Dunkelheit der Nacht zu vertreiben, um einen neuen Tag mit ihrem Licht in Helligkeit zu tauchen.

Es ist die Geschichte einer Liebe, die selbst der Tod nicht scheiden konnte, weil sie für immer und ewig weiter leben wird.
So etwas gibt es doch gar nicht, werdet ihr von der zweibeinigen Menschenrasse sagen, doch bei meiner Familie, uns Katzenwesen, kommt so etwas vor.

Ach so – ich habe mich ja noch gar nicht vorgestellt.
Mein Name ist Zi Zi Peh.
Komischer Name für eine Katze werdet ihr sagen, doch meine Dienerin, die bei mir wohnt, trägt selbst so ein merkwürdiges Gebilde.
Ihr Name ist Leilani.
Das bedeutet Himmelsblume und kommt aus Hawaii.
Soviel ich weiß hat sie sich selbst so getauft.

Ihr Hang zu exotischen Namen ist groß.
Was mich betrifft bin ich getigert (ein ägyptischer Name hätte also viel besser zu mir gepasst), neuneinhalb Jahre alt, genauso rundlich wie mein Frauchen, habe glänzendes weiches Fell, doch was das Schönste an mir ist, sagen alle, sind meine riesengroßen, kugelrunden, hellgrünen Augen, denen nichts entgeht.
Essen schmeckt mir immer und Sahne erst recht.
Und ich bin schlau.

Seit ein paar Monaten habe ich Leilani endlich dazu erzogen, mich jeden Morgen gleich nach dem Aufstehen zwanzig Minuten zu bürsten und zu kämmen.
Zuerst habe ich geglaubt, sie würde das nie kapieren, warum ich sie dauernd mit meinen großen Augen anstarrte, sobald ich an ihrem Schreibtisch saß, neben dem sich auf einem Kästchen aus Weidengeflecht Kamm und Bürste nach mir sehnten.
Unglaublich, wie beschränkt ihr Menschen manchmal seid.
Das Kommando war doch eindeutig.
Ich schaue auf die Bürste, dann schaue ich auf dich.
Dann wieder auf die Bürste und dann auf dich.
Ich mache Miau in sämtlichen Tonlagen, doch es nützt nichts.

Erst als ich nach stundenlangem Geraunze vor Verzweiflung mit meinem Pfötchen die Bürste von dem Kästchen schubste, ist der Groschen bei ihr gefallen.
Der Katzengöttin sei Dank.
Aber das wollte ich eigentlich gar nicht erzählen.

Erzählen will ich euch die Liebesgeschichte von Penny und Lani.
Und beginne am besten ganz am Anfang, damit ihr die Schönheit dieser Liebe versteht, euch keine Feinheit entgeht, und ihr euch ein Beispiel für euer eigenes Leben daraus ziehen könnt.
Ach so – bevor ich es vergesse – Lani ist meine Schwester.

Am 21.3.2004, also bei Frühlingsbeginn, wurden wir hier in Dorfen, dieser süßen kleinen Stadt im Bayernland geboren.
Unsere Mutter hieß Maui, der Vater Mo-Lee (ich habe ja schon gesagt, dass mein Frauchen ein bisschen spinnt).
Unsere Mutter, eine sogenannte dreifarbige Glückskatze, hatte sich in den pechschwarzen Kater Mo-Lee unsterblich verliebt und war ihm ohne zu zögern in seinen Leilani-Palast gefolgt und seine Frau geworden.
Mein Frauchen hatte nichts dagegen.
Ganz im Gegenteil.

Katzen sollen nicht alleine sein, hatte sie Mo-Lee erklärt, das hast du gut gemacht und ihn dafür mit einer Extraportion Sahne belohnt.
Leilani ist eine unglaublich liebe Katzenmutter.
Das muss ich schon sagen.
Bei ihr bekommt man alles, was das Katzenherz begehrt.
Freiheit, Super Futter, Streicheleinheiten, Fürsorge und ganz viel Liebe.
Es hat nicht lange gedauert und wir waren in Mamas Bauch.
Leilani hat sich gefreut wie eine Schneekönigin, ein Geburtshaus für uns bauen lassen und es neben ihr Bett gestellt.
Zu unserer Mama, wenn sie diese gestreichelt und hinter den Öhrchen gekrault hat, hatte sie immer wieder gesagt:
„Mauchen, ich freue mich schon so auf die Babys. Wenn es geht, dann krieg bitte nicht mehr als drei. Unsere Wohnung hat nur zwei Zimmer, das wird dann für mehrere Kinder zu eng. Du darfst all deine Kinder behalten. Das verspreche ich dir. Es soll dir nicht gehen wie den anderen Miezen, denen man ihre Babys, sobald sie groß genug sind, immer wegnimmt."
Und meine Mutter hat sich ihre Worte zu Herzen genommen.

Kurz bevor es soweit war, in dieser Nacht, hat sie Leilani angestupst, ihr tief in die Augen geschaut, so nach dem Motto ‚Jetzt geht's los' und sich dann ins präparierte Geburtshäuschen zurückgezogen.
Lang hat es nicht gedauert und mein Frauchen hat die Ohren gespitzt, bis sie ein leises Miauen kurz hintereinander vernommen hat.
Wir waren da.

Drei stramme, gesunde Babys.
Zwei Mädchen und ein Junge.
Mo-Lee, unser Vater, platzte beinahe vor Stolz und hielt tagelang Wache am Eingang des Häuschens.
An die erste Zeit in unserem Nest kann ich mich kaum mehr erinnern, außer dass es dort mollig warm und dunkel war.
Schließlich hatte das Häuschen keine Fenster, sondern bloß einen schönen Torbogen am Eingang, durch den genügend frische Luft zu uns hereingelangte.
Mamas Milch hat einfach himmlisch geschmeckt.
Später, als ich schon größer war, habe ich meinem Frauchen aus Versehen beim Spielen mal ihr Glas mit Mandelmilch umgestoßen und alles, so schnell es ging, aufgeschleckt.
Das schmeckte fast so gut wie Mamas Milch.
Aber eben nur fast.
Ich glaube, Mamas Milch schmeckte so gut, weil sie so leckeres Futter bekam.

Frischen Tatar, blanchierten Fisch, gekochtes Hühnchen, in Sahne verquirlten Eidotter und stilles Mineralwasser vom Feinsten.
Jedes Mal, wenn sie zurück in die Höhle kam, roch sie nach etwas anderem.
Das hat mir gefallen und meine Neugierde geweckt.

So war ich auch die erste, die das Nest verlassen konnte.
Mein Gott ist das schön hier, habe ich mir gedacht, als meine Augen sich an das helle Tageslicht gewöhnt hatten, und ich sehen konnte wo ich war.
Der Boden in dem Raum war über und über mit bunten Decken, Polstern und Handtüchern ausgestattet, so dass ich mir nicht wehtun konnte.
Durch riesengroße Fenster, die vom Boden bis zur Decke reichten, konnte ich hinaus in den Garten sehen.
Dort standen mächtige Bäume, an deren Ästen bereits kleine grüne Dinger hervorlugten.
Außerdem sang noch etwas wunderschön dort draußen, und manchmal flog auch etwas herum, das sich später mal als Leibspeise entpuppen sollte, aber das wusste ich damals an meinem ersten Tag im Licht noch nicht.

Plötzlich beugte sich ein großes fremdes Wesen zu mir herab und hob mich zärtlich in seine warmen Hände.

„Herzlich willkommen auf unserer Erde, du süßes, fremdes, geliebtes Herzchen. Na, du bist mir aber ein ganz neugieriges Kätzchen. Du bist ja ein richtiger Naseweis. Wenn du ein bisschen größer bist, und ich nachschauen kann, ob du ein Junge oder ein Mädchen bist, bekommst du einen Namen der zu dir passt."

Sie streichelte mich ganz sanft am Bauch, dann am Köpfchen, bevor sie mich zurück auf die Kuschelwiese setzte, wo meine Mama ohnehin schon ungeduldig auf mich wartete.
Dieses große warme Wesen mit der weichen Stimme mochte ich von der ersten Sekunde an, obwohl ich damals ja nicht wusste, dass sie mein Frauchen war, oder vielmehr meine Dienerin werden sollte.

Später dann habe ich sie manchmal, wenn ich ein bisschen sauer auf sie war, heimlich Leilani, die Dosenöffnerin, genannt, obwohl es bei ihr hauptsächlich immer nur Frisches gibt.
„Meine Katzen kotzen kein Whiskas", habe ich später mal gehört, als sie sich mit einer anderen Katzenmutter aus dem Nachbarhaus unterhalten hat.
Aber das spielte im Moment keine Rolle.

Jetzt dachte ich nur, dass dieses große Ding einfach unglaublich gut roch und etwas, das derartig duftete, nur gut sein konnte.

 Meine Mutter hat mich damals mit ihrem Maul ganz vorsichtig im Genick gepackt und mich auf diese Art und Weise zurück ins Kinderzimmer transportiert.
Dieser kurze Ausflug in die große Welt hatte mich erschöpft und so schlief ich gleich, nachdem meine Mutter mich gefüttert hatte, selig ein in der Gewissheit, im Paradies gelandet zu sein.
Lange hat diese Nachtruhe für mich allerdings nicht gedauert. Mein Bruder tapste mich mit seiner Pfote an und gab keine Ruhe, bis ich aufwachte.
Meine Mama und mein Schwesterchen schliefen fest.
„Sag mal, wo warst du denn heute", wollte er wissen „auf einmal warst du weg."
Und ich erzählte ihm alles von meinem kleinen Ausflug in die große Welt.
„Oh – das möchte ich auch sehen", schnurrte er leise „aber allein traue ich mich nicht. Könntest du nicht mit mir noch einmal rausgehen?"

 Einschlafen war für mich jetzt eh nicht mehr drin und so schlichen wir uns heimlich hinaus.
In dem großen Bett schlief das zweibeinige Wesen und gab komische Geräusche von sich.
Das klang fast wie ein sehr lautes Schnurren.

Es musste sich also wohlfühlen.
Zum Glück waren die Vorhänge nicht zugezogen, und wir hatten freie Sicht in die dunkle Nacht.

Was wir sahen war ein Jasminhimmel voller Sterne, verziert mit einem wunderschönen leuchtenden Mond.
„Hast du so etwas schon einmal gesehen", flüsterte mein Bruder voller Andacht. So viel Geglitzer an der Decke."
Ich schüttelte den Kopf.
In diesem Moment fegte eine Sternschnuppe über das Firmament, sodass wir beide erschraken.
Irgendwie fühlten wir uns ertappt und machten uns so schnell es ging auf den Rückweg.
Außerdem hatte plötzlich etwas gescheppert.
Das war gespenstisch.

Dass dieses Katzentürchen, das in die große Balkontüre eingebaut war, immer so schrecklich klapperte, wussten wir damals noch nicht.
Unser Vater war von seinem nächtlichen Streifzug zurückgekehrt und wir waren froh, dass er uns nicht erwischt hatte.
Bis er zu unserem Häuschen kam, lagen wir zwei längst wieder an Mamas Brust und waren von dem Abenteuer so erledigt, dass wir mit je einer Zitze im Maul ins Land der Träume entschwebten.

Mein Bruder war schwarzweiß. Mehr hatte ich bei unserem kurzen Trip von ihm nicht erhascht. Er sah also anders aus als ich mit meinem gestreiften Tigerfell.
Er gefiel mir gut.
Dass er so eindrücklich gefärbt war fand ich nicht schlimm.
So konnten wir zwei nie verwechselt werden.

Vielleicht habe ich Glück und mein Schwesterchen kommt morgen mit mir ins Licht.
Ich war schon so gespannt auf ihr Aussehen.
Auf jeden Fall war sie kleiner als ich.
Soviel hatte ich in unserem Babypalast schon mitgekriegt, dass sie zierlich und dunkel wirkte.
Sie hatte ein ganz feines Stimmchen.
Unsere Mutter hielt sie oft mit der Pfote fest, wenn sie bei ihr trank.
Mein Bruder und ich waren stürmisch und hatten sie mehr als einmal weggedrängt, was natürlich nicht nett von uns war.
Hunger ist eben stärker als der Verstand.
Das ist bei uns Katzen nicht anders als bei euch Menschen.

Die erste und wichtigste Aufgabe, die man als Katzenbaby zu erfüllen hat, ist wachsen, wachsen und nochmals wachsen.

Und wer am stärksten und am geschicktesten ist, wächst am schnellsten und hat das Sagen.
In meiner Familie war das eindeutig ich.
Ich war sogar jetzt schon größer als mein Bruder.
Das schien ihm in seinem Manntum aber nicht zu stören, wenn ich die zärtliche Zuneigung, mit der er sich an mich schmiegte, richtig verstand.

 Auf jeden Fall wollte ich meinen Geschwistern eine gute Schwester sein und mir in Ruhe überlegen, wie ich Katze den Katzen Katze sein konnte.
Mit all meinen vier Beinen wollte ich fest auf der Erde stehen, einen guten Charakter entwickeln, meine Geschwister immer verteidigen und es uns allen gut gehen lassen.
Morgen, wenn der neue Tag beginnt, würde ich mich erneut auf den Weg machen, diese wundervolle Welt in die die Katzengöttin uns gesandt hatte, zu erobern.
Ja, ich war ihr dankbar, in so eine liebe Familie hineingeboren zu sein.

 So wie jede geborene Diva ließ auch mein Schwesterchen uns noch etliche Tage warten, bevor sie uns mit ihrer Anwesenheit beehrte.
Ihr Auftritt war filmreif und wäre bei jeder Premiere in tosendem Applaus gebrandet.
Nie vergesse ich den Moment, als sie zum ersten Mal im Torbogen erschien, sich dekorativ streckte,

mit den Augen klimperte und mit einem samtweichen Miauchen auf sich aufmerksam machte.
Ob sie wusste wie gut ihr der dreifarbige Pelzmantel stand, den sie trug?
Ja, sie war eindeutig die Tochter ihrer Mutter.
Zuckerpuppe oder Honigschnäuzchen hättet ihr sie in eurer Menschensprache wahrscheinlich genannt.
Ihr Liebreiz war unausweichlich.

Sie war schön wie eine Primadonna, durch und durch weiblich, von ihren liebreizenden Öhrchen bis hinunter zur Schwanzspitze.
Natürlich waren wir ihr gleich zu Diensten, haben ihr geholfen, die Polsterberge zu erklimmen und ihr den besten Platz am Schaufenster gezeigt.
Mein Bruder hat sich vor Begeisterung beinahe überschlagen.
Ihr Anblick war anscheinend Dünger für sein Gehirn.

Von der Aussicht, die sich ihr darbot, war meine Schwester mehr als erbaut.
„Oh – sieh mal", jubelte sie „schau mal, da vorne auf dem glitzernden Ding, da schwimmen lauter so komischen Teile herum, die immer Quak, Quak machen und ihren Kopf ins Silbrige hineinstecken und ihr Schwänzchen in die Höhe halten. Ist das nicht lustig?"

Da konnte man ihr nur Recht geben.
„Warte nur, bis die anderen alle kommen", versprach ich ihr. „Da draußen gibt es noch eine Menge zu sehen. Siehst du das kleine Ding, das da oben auf dem Baum sitzt?"
Sie nickte andächtig mit ihrem kleine Köpfchen.
„Das ist ein Luftsänger. Von denen gibt es hier viele. Die machen sehr schöne Musik und fliegen dauernd von links nach rechts."

Heute lag eindeutig Übermut in der Luft.
Leilani war nicht zu Hause, auch unsere Eltern waren unterwegs.
Und wie heißt es doch so schön
Wenn die Katze aus dem Haus ist, tanzen die Babys.
Obwohl wir jetzt gar keine Babys mehr waren, sondern schon echte Kleinkinder.
Mein Bruder fand als Erster heraus, dass es hinter der Kuschelwiese noch weiterging.
Unglaublich, was wir alles entdeckten.
Da gab es noch mehr riesige Fenster.
Wenn man es genau nahm, bestand die gesamte vordere Front aus Holz und Glas, sodass man überall hinausschauen konnte.
Da gab es eine große Terrasse, einen romantischen Garten, einen Fluss und ein anderes Haus uns gegenüber, das ebenfalls ganz aus Holz und Glas gebaut war.

Ich muss schon sagen, wir hatten mit unserer Wohnung verdammt viel Glück.

Es dauerte nicht lange und wir entdeckten, dass man an den langen blauen Stoffbahnen, die von den Fenstern herabhingen, wunderbar emporklettern konnte.
„Schnell, kommt hoch", rief ich meinen Geschwistern zu „ihr glaubt gar nicht, was man von hier oben für eine tolle Aussicht hat."
Mein Bruder ließ sich das nicht zweimal sagen.
Schwupps – schon war er da.
Nur meine Schwester zierte sich zu Beginn ein wenig, fasste sich dann aber, wie es sich für eine gute Katze gehört, doch ein Herz und erklomm die Höhen mit Bravour.

Just in diesem Moment, als wir mit dem Abstieg beginnen wollten, schepperte es wieder gewaltig, und Mama und Papa kamen wie von Zauberhand durch die gläserne Tür.
Diesen Trick wollte ich auch erlernen.
Fest nahm ich mir vor, die Eltern genau zu beobachten.
So lange, bis ich herausgefunden hätte, wie das ging.
Ein Donnerwetter von den Eltern blieb uns erspart.
Im Gegenteil.
Sie schienen mächtig stolz auf uns zu sein.

Wir wurden von beiden dafür belohnt, dass wir so mutig waren und keine Angst hatten, die neue Welt zu erkunden.
Selbst unser mächtiger Vater leckte uns für Ewigkeiten das Fell und half seiner geliebten Frau uns zu putzen.

Als ich noch klein war, erschien mir unsere Wohnung wie ein riesiger Palast.
Es gab da zwei Zimmer, einen Flur, ein Badezimmer und eine kleine Küche.
Merkwürdige Maschinen standen darin herum, die manchmal, wenn sie zum Leben erwachten, eigenartige Geräusche von sich gaben, klingelten, heiß wurden oder sich wie verrückt rüttelten.
Am Anfang haben wir uns vor ihnen gefürchtet, vor allem vor der großen brüllenden Schlange, die immer so einen schwarzen Kasten hinter sich her zog.

Doch wir haben schnell gelernt, dass diese Tiere unserem Frauchen aufs Wort gehorchten, und wir uns vor ihnen nicht zu fürchten brauchten.
Am doofsten fand ich diesen schwarzen Knochen, der immer erst bimmelte und vom Frauchen ans Ohr gehalten wurde, die dann lange Zaubersprüche in ihn hinein gesprochen hat.
So war es aber nur wenn sie zu Hause war.

War das nicht der Fall begann er immer von selbst zu quasseln.

Nach ein paar Wochen kam ein großer Mann zu Besuch.
Er hieß Dottore und untersuchte uns alle, ob wir gesund waren.
Das Funktionieren des Katzenklos hatten wir inzwischen erlernt, worauf wir mächtig stolz waren.
Jedes Mal, wenn wir unser Geschäftchen dort brav erledigt hatten, wurden wir dafür von Leilani gelobt und mit ein wenig Sahne belohnt.

Inzwischen hatten wir auch unsere Namen erhalten.
Mein Name ist Zi Zi Peh (das wisst ihr ja schon).
Meine Schwester wurde Lani getauft, was Himmel bedeutet und mein Bruder Don Paulino.
Pauli sah aus wie von einem anderen Stern.
Die großen schwarzen Flecken, die sein weißes Fell verzierten, bildeten eine Maske, so wie Zorro sie immer getragen hat, um seine Augen.
Eine lange weiße Augenbraue, die nur auf der linken Seite sprießte, wirkte wie eine Antenne und machte ihn noch hübscher und außergewöhnlicher, als er ohnehin schon war.

Zwar durften wir unsere Wohnung immer noch nicht verlassen, doch daheim war alles erlaubt.
Nie hat Leilani geschimpft, wenn wir nachts alle in ihr großes Bett gekrabbelt sind, uns an ihre Beine schmiegten, auf ihre Altäre sprangen, die ihr Schlafgemach schmücken, oder mit den dünnen, türkisfarbenen Vorhängen, die den Raum aufteilten, Schaukel spielten.
Mutters Milch schmeckte noch immer prima, aber das feuchte Futter und auch das Trockene, das in der Küche auf kleinen Schälchen zusammen mit frischem Wasser für uns bereit stand, war ebenfalls lecker.

Paulino war der Erste von uns gewesen, der sich dieses Futter schmecken ließ, wir habe es ihm sehr bald nachgemacht.
Hoffentlich wird er sich nicht zu einer schmarotzerhaften Katze entwickeln, dachte ich öfter, wenn ich ihm dabei zusah, wie er mit vollen Backen die leckere Pastete in sich hinein mampfte.

Immer dann, wenn Leilani ihre geliebten Rosen heimbrachte, dauerte es nicht lange, bis Lani auf den Tisch kletterte und ihre Nase in die meist rosa Blüten hinein steckte.
„Sind diese Nasenwohlfühlblumen nicht herrlich", seufzte sie dabei und hatte danach oft eine gelbe Nase voller Blütenstaub.

Doch meistens saßen wir am Fenster und schauten sehnsüchtig hinaus in den Garten, verfolgten frei schwebende Wolkeninseln mit unserem Blick und warteten auf den Tag, an dem wir endlich hinaus durften.

Wir waren sicher in unserem Heim, doch zuviel Sicherheit ist manchmal mit einer gewissen Schläfrigkeit verbunden und geschlafen hatten wir wahrlich genug.

Es gab Tage, an denen die Sonne sich anscheinend schämte, denn sie versteckte ihr Antlitz hinter Bergen grauer Wolken
Oft war sie anscheinend über irgendetwas so traurig, dass sie bittere Tränen vergoss wie ein Schlosshund.
Draußen war dann bald alles klatschnass.
Wenn ich gewusst hätte, warum sie so deprimiert war, hätte ich sie gerne getröstet.

Den Pflanzen im Garten schien das aber gut zu gefallen, denn ihre Blätter glänzten von diesen Tränen.
Sie schienen zu jubeln.
Mir gefiel die Sonne auf jeden Fall am Besten, wenn sie groß und gelb vom Himmel lachte und ihre Strahlen mich an der Nase kitzelten.
Wie schön eine Wiese ist, über die ein warmer Wind weht, erfuhr ich allerdings erst, als wir endlich nach draußen durften.
Ahnungslos wie gut sie rochen, blühten die Bäume und Stauden im Garten und raubten uns fast den Atem.
Der ganze Garten stand wie in grünen Flammen, war ein einziges Paradies.
Ein leiser Wind rauschte in den Blättern wie auf einer Harfe.
Kaum zu glauben, was die Blumen auf der Wiese machen.

All die verschiedenen Schattierungen und Farben und erst dieser Duft.

 Was für ein Tag der Kostbarkeit dachte ich, als meine Pfötchen zum ersten Mal das weiche Gras berührten.
Lani und Pauli sprangen darauf herum wie junge Ziegen und kriegten sich vor lauter Freude kaum ein.
Sie jagten die kleinen Dinger, die durch die Luft flogen und Lani kreischte „Schau mal, Schwesterchen, schau doch die kleinen Luftsänger an, sind die nicht putzig. Warum singen die denn nicht? Die brummen alle. Das ist doch blöd."
Leider wusste ich auf diese Frage keine Antwort.

 Damals wusste ich noch nicht, dass alles, was herumflog, nicht unbedingt Vögel sein mussten, sondern Käfer, Fliegen, Schmetterlinge, Wespen oder Bienen heißen.
Ein paar von denen haben sogar Stacheln, an denen man sich wehtun kann.
Mama und Papa blieben an diesem Tag immer in unserer Nähe.
Auch Leilani erfreute sich an uns, passte auf, dass nichts passierte.
„Zi Zi – ich glaube du bist die Schlaueste von allen", sagte sie zu mir, als sie mich vom Boden aufhob.

„Du musst immer schön auf deine Geschwisterchen aufpassen. Steigt nicht auf die hohen Bäume, fallt nicht ins Wasser und vor allem, lauft nicht auf die Straße. Dort ist es sehr gefährlich. Und vor allem, geht nicht zu fremden Menschen. Lasst euch nicht streicheln und nicht in fremde Wohnungen locken."
Tief schaute ich in ihre Augen, machte Miau, was sie wohl als Ja bewertete und strich ihr um die Beine, als sie mich wieder vorsichtig auf die Erde setzte.
„So, meine Lieben", sagte sie zum Schluss zu uns allen. „Es tut mir Leid, dass ich euch nicht mehr Freiheit bieten kann, doch ich denke, nie ist zu wenig, was genügt. Ich glaube, dass ihr hier glückliche Katzen sein könnt."

Genau habe ich mir unser Frauchen angesehen, als sie diese Worte sprach. Wie ihr Gesicht dabei aufglühte, in einem Lächeln, in dem alle Liebe des Lebens verschmolz.
In dieser Sekunde habe ich mir geschworen, für immer und ewig ihr Kätzchen zu sein. Für immer bis ans Ende meiner Tage.

Unsere Eltern hatten es sich im Schatten eines Baumes bequem gemacht. Machten aneinander gekuschelt ihre Siesta.
Pauli und Lani schlichen sich vorsichtig heran und nuckelten bald selig an Mamas Brust.

Nur ich hatte es mir auf Leilanis Schoß gemütlich gemacht und entspannte mich schnurrend bei zärtlichen Streicheleinheiten, lauschte dem Gesang der Vögel und versank im Tal der Glückseligkeit.

Mo Lee, unser Vater, brachte uns die nächste Zeit alles bei, was man als Miezenteenager so wissen muss.
Wir übten uns im Verstecken, im Lauern, im Jagen und Anspringen.
Hei – das machte Spaß.

Lani war die einzige, die nicht richtig aufpasste, weil irgendein neuer Duft ihre Aufmerksamkeit ablenkte oder der Kater aus dem Nachbarhaus auf seiner Terrasse erschien, auf seinem Thronsessel Platz nahm und unser Treiben wohlwollend beobachtete.
Jedes Mal, wenn dieser große, schwarzweiße Mann sich blicken ließ, verdrehte Lani die Augen, setzte sich in Positur und hauchte ihr sanftestes Miau, Miau, Miau.
„Ist der nicht süß", hatte sie mir zugeflüstert, als sie ihn zum ersten Mal erblickt hatte.
„Wie stolz und majestätisch er ist, und wie ausgefallen er sich bewegt."
Meine Schwester neigte, wie mir schien, zu romantischen Anfällen und hatte wohl rosa Pupillen.

So wie er aussah, konnte ich ihre Begeisterung nicht teilen.
Penny, so hieß der Nachbarkater, war für mich weit davon entfernt eine Schönheit zu sein.
Seine Beine kamen mir zu lang vor und an seinem Unterkiefer fehlte das Fell, was irgendwie komisch aussah.
Über seiner linken Oberlippe befand sich ein schwarzer Punkt, der seinem Gesicht eine gewisse Verwegenheit verlieh.
Den fand ich gut. Das hatte so etwas Barockes.

Mein Vater und meine Mutter respektierten ihn, was wohl daran lag, dass Penny in diesem Revier der König war.
Meine Schwester war verliebt in seine Gangart, obwohl ich hätte schwören können, dass die laszive Art, wie er beim Gehen sein Hinterteil bewegte, auf einen Schaden im Bewegungsapparat zurückzuführen war.
Trotz dieser kleinen Behinderung trainierte er seinen schlanken Körper täglich mit Sprüngen und Kapriolen, die sehenswert waren.

Mein Schwesterchen schien ihm ebenfalls gut zu gefallen, denn mir fiel auf, dass er seine Kunststücke immer öfter direkt vor unserem Fenster aufführte und Lani dabei vor Begeisterung fast in Ohnmacht fiel.

Nachts schlich sie sich immer öfter aus dem Haus, saß mit ihm stundenlang am Ufer des Flusses und glotzte mit ihm die Sterne an.
Einmal habe ich die zwei in einer Vollmondnacht heimlich beobachtet, wie sie an der Vogeltränke weilten und aufmerksam ins Wasser guckten.
„Siehst du den Mond hier in der Schale?" schnurrte er ihr zärtlich ins Ohr. „Schau, der Mond ist im Wasser, wir können ihn trinken. Dann schimmert er im Bauch und schaut aus den Augen wieder heraus. Es muss nur ganz dunkel sein, so wie jetzt, wenn man ihn trinkt, weil er im Licht verwelkt."

Ich hatte das Gefühl, als würden eine Menge Seifenblasen in meinem Gehirn zerplatzen, als ich diese Worte vernahm, denn auch in meinem Herzen gab es einen Ort, der für Romantik empfänglich war.
Ein Macho war diese Penny auf jeden Fall nicht.
Ich muss zugeben, dass eine leichte Eifersucht in mir aufstieg.
Ein egoistisches Gefühl, das ich nicht leiden konnte und zum Glück schnell wieder in den Griff bekam.
Ob ich wohl auch eines Tages einem Kater begegnen würde, dessen Sprache so wundervoll war?

Pennys Menschen, die bei ihm in seinem großen Haus wohnten, waren ausgesprochen nett und liebten ihn von ganzem Herzen.
Meistens waren sie nur morgens und abends zu Hause, weil beide wegen der Arbeit in eine fremde Stadt fuhren.
Nur am Wochenende waren sie zu Hause und kümmerten sich liebevoll um ihn.
Jo, der Mann, war ein besonders Lieber und Linda, seine Frau, hatte ein Händchen für alles Schöne.
Das Haus war voll herrlicher Möbel und Kunstwerken.
In ihrem Garten, den sie sorgfältig hütete und pflegte, blühte es in allen Farben. Auch zu uns waren sie immer supernett, doch Lani liebten sie besonders.
Sie hatten wohl auch schon bemerkt, dass Penny ein Auge auf sie geworfen hatte.
Jetzt im Frühsommer speisten die Nachbarn immer auf der Terrasse.
Damit wir nicht hungern mussten, stellte uns Linda immer ein Schälchen mit flüssiger Sahne hin.
Nur Lani erlaubte Penny zu ihm auf seinen Sessel zu springen und sich an ihn zu kuscheln.
Uns andere jagte er davon.

Penny war bestimmt schon acht Jahre alt, als seine Liebe zur drei Monate alten Lani begann, doch das schien keinen der Beiden zu stören. Nur ein Blinder konnte übersehen, dass die beiden ein Herz und eine Seele verband.

 Leilani, unser Frauchen, ist, wenn man es genau nimmt, auch eine Glückskatze.
Wie ich darauf komme?
Na, weil sie rotes Fell in verschiedenen Schattierungen auf dem Kopf trägt, und weder schwarzweiß noch getigert ist.
Ihr Zweibeiner seid ja ohnehin mit Fell nicht gerade gesegnet.
Man könnte fast sagen, bis auf ein paar Stellen am Körper und auf dem Kopf, eher spärlich.
Nur Männer machen da manchmal eine Ausnahme.
Bei denen sprießt auch was im Gesicht.
Meine Leilani scheint sich selbst vor dem dünnsten Bewuchs zu grausen.

 Jeden Samstag, wenn sie in die Badewanne steigt, lege ich mich auf die Waschmaschine, die direkt daneben steht.
Dort liegen flauschige Handtücher und von dort schaue ich genau zu, was sie macht.
Dieses Badezimmer ist immer so wohlig warm und es riecht herrlich nach Meer, Rosen oder Wald, je nachdem, was sie zuvor in die Wanne hinein getan hat.

Zuerst wusch sie sich immer das Fell auf dem Kopf und packte dann so was Weißes drauf, das ebenfalls sehr gut roch.
Auf das Gesicht tat sie dann, sobald es gewaschen war, auch so ein komisches Zeug und sah zum Fürchten aus.
Einmal nahm sie dafür so etwas Braunes, das so lecker duftete, sodass ich nicht an mich halten konnte und vom Wannenrand aus, ihr alles, so schnell es ging, vom Gesicht schleckte.
Ich schwöre bei allem, was einer Katze heilig ist, dass dieses braune Mus zu hundert Prozent reinrassige Schokolade war.
An diesem Tag habe ich gelernt, dass Gier etwas sehr gefährliches ist, weil ich ins warme Badewasser hineingefallen bin und das gar nicht lustig fand.
Seitdem kann ich Schokolade nicht mehr ausstehen.
Aber das wollte ich eigentlich gar nicht erzählen.

Zu meiner großen Überraschung hatte mein Frauchen damals plötzlich eine Dose genommen, diese kräftig geschüttelt und auf einer Hand einen riesigen Berg weißen Schaum angehäuft, den sie anschließend auf ein Bein, das sie kunstvoll aus der Wanne reckte, aufgetragen hat.
Was mich noch mehr verwunderte war, dass sie dann so ein Gerät, das aussah wie ein winzig

kleiner Rechen, ergriff und damit die Schaumwolken und die paar jämmerlichen Haare, die sich darunter befanden, wegkratzte.
Menschen haben einen Vogel.
Das wurde mir in dieser Sekunde klar.
Nackte Haut bringt doch nichts als Ärger.
Im Sommer kriegt man Sonnenbrand und im Winter friert man sich den Arsch ab ohne Fell.
Da helfen auch die vielen Klamotten im Schrank nichts.
Fell bleibt Fell, dagegen ist nichts zu sagen.

Maui, unserer Mutter, ging unser ständiger Hunger auch langsam auf den Geist. Ihre Milchbar wurde geschlossen.
Jetzt ohrfeigte sie jeden von uns, wenn wir versuchten ein paar Tropfen ihrer Köstlichkeit zu erhaschen.
„Lasst mich in Ruhe", knurrte sie dann. „Ihr seid jetzt groß genug für das andere Futter. Fresst gefälligst, was in der Küche steht, fangt eine Maus oder einen Vogel und trinkt danach was von der Milch in dem Schälchen. Das ist wichtig wegen der Verdauung."
Auch dass man als Mieze frisches Gras fressen muss, haben wir von ihr gelernt.
Wir putzen uns ja täglich stundenlang unser Fell mit der Zunge, weil Sauberkeit ein kätzisches Obergebot ist.

Die saftigen Grashalme helfen, die Haarkissen, die sich im Magen dabei ansammeln, auszuwürgen.
Wir als verantwortungsbewusste Vierbeiner sind nicht nur schön – nein – wir sind auch hygienisch.

Mein Bruder Pauli stahl uns allen die Schau.
War ja auch kein Wunder, so drollig wie er aussah.
Sämtliche Menschen unserer Wohnanlage gerieten jedes Mal, sobald er irgendwo auftauchte, komplett aus dem Häuschen und überschlugen sich fast vor Begeisterung.
„Schau mal den Kleinen da", riefen sie immer wieder. „Der kommt bestimmt von einem anderen Stern. Der ist ja zum Fressen. Wenn der mir gehören würde, würde ich ihn ETchen taufen."
Dass die Leute ihn auffressen wollten, fand ich gar nicht schön, und ich ließ ihn nur ungern aus den Augen.
Alles was man im Leben anfängt, sollte man mit Liebe tun und sich nicht aufführen wie ein Kannibale.
Das solltet ihr Zweibeiner euch ruhig mal auf die Tafel schreiben.

Wahrscheinlich haben dem Pauli die Begeisterungsstürme nicht gut getan und ihn vertrauensselig gemacht.
Eines Tages war er spurlos verschwunden.

Tagelang haben wir alles nach ihm abgesucht – ohne Erfolg.
Unsere Eltern waren Tag und Nacht auf den Beinen.
Unsere Mutter war vom vielen Rufen schon heiser und hatte fast keine Stimme mehr.
Lani und Penny gingen ebenfalls herum und klebten so eng aneinander wie siamesische Zwillinge.
Leilani war nur noch am Heulen.
Für uns alle war unglaublich was geschehen war und hatte unser ganzes schönes Leben auf den Kopf gestellt.
Unser Frauchen hat nichts unversucht gelassen, ihren geliebten Don Paulino wiederzufinden, hat alle verrückt gemacht.
Polizei, Tierschutzverein, Nachbarn, nichts wurde ausgelassen.
Ergebnislos.
Pauli war und blieb verschwunden.
Kellerräume, Garagen, alles wurde durchsucht.
Zum Schluss blieb nur noch eine Hoffnung – Pauli war gestohlen worden, von einem Menschen, der ihn wirklich liebte. Zum ersten Mal erlebte ich die Gefühle, Sehnsucht, Erinnerung und Trauer.

Ich habe jede Nacht von ihm geträumt, habe ihn gesehen an einem Ort, an dem die Träume plötzlich wahr werden.

Doch jedes Mal wenn ich aufwachte, war der Platz in seinem Körbchen leer.
Von einem Moment auf den anderen, war ich Teil einer Geschichte, die mir nicht gefiel.
Und ich fühlte mich lange Zeit schuldig, weil ich nicht besser auf ihn aufgepasst hatte.

Lani, die ja in erster Linie meine Schwester war, hat täglich Zeit mit mir verbracht, bevor sie wieder zurück zu ihrem Liebsten ging. Dafür war ich ihr mehr als dankbar, denn dieses turbulente, unerwartete, verwirrende Geschehen hatte mir den Atem und beinahe den Verstand geraubt.
Das Schicksal hatte mir ein Geschenk gemacht, das ich nicht wollte.
Leilani nahm mich dauernd auf den Arm, kraulte mich inbrünstig, bis ich zu schnurren begann, um mich zu trösten.
„Sei nicht traurig, kleine Tigerprinzessin und lass die Öhrchen nicht hängen. Bestimmt geht es dem Pauli sehr gut. Er war halt einfach zu außergewöhnlich und zu schön. Zu schön sein ist gefährlich. Weißt du das? Und er hat halt nicht gefolgt. Haben wir ihm nicht immer wieder gesagt, dass er zu fremden Menschen nicht hingehen soll? Schlaf ein mein Tigerchen, ich hab dich lieb."

Doch ich wollte Pauli auf keinen Fall vergessen und so bete ich bis heute jeden Abend bevor ich einschlafe

    Geliebter Bruder
    Geliebter Pauli
    Ich trage dein Herz
    Ich trage es in meinem Herzen
    So wird es sein für immer und ewig
    Solange die Sonne scheint
    Die Mondin leuchtet
    Die Sterne funkeln
    Die Winde wehen
    Die Wasser fließen
    Die Erde uns nährt
    Die Feuer uns wärmen
    Und der heilige Geist uns segnet.

Der Sommer war ins Land gezogen, es wurde heiß und stickig

In unserer Wohnung war es kaum mehr auszuhalten und so dösten wir tagsüber unter den schattigen Bäumen, gaben uns unseren Träumen hin.
Und dann geschah etwas, dass ich nie für möglich gehalten hatte.

Unsere Eltern waren ja dauernd unterwegs.
Vor allem die Mutter genoss ihre wiedergewonnene Freiheit, weil ihr Fütterdienst zu Ende war.
Lani hatte es sich zur Gewohnheit gemacht, nachmittags, wenn ihr Liebster alleine unter seinem Lieblingsbusch schlummerte, sich zu mir zu gesellen.
Zwar war ich nicht unglücklich, doch richtig glücklich war ich wegen Pauli immer noch nicht.
Lani erzählte mir viele Geschichten, um mich von meinem Schmerz abzulenken.

Ist man verliebt, redet man am liebsten von seinem Geliebten.
Penny, so erfuhr ich, hatte eine harte Kindheit hinter sich gebracht.
Bevor er zu den Nachbarn gezogen war, gehörte er einer Familie im Nebenhaus, die ziemlich asozial war.

Sie haben kein Futter für ihn gekauft, ihn auch im Winter vor die Tür gesetzt und ihn manchmal ganze Nächte lang nicht wieder reingelassen, egal wie eiskalt es draußen war.
Essen musste er immer das, was den Leuten vom Tisch fiel.
Wenn er Glück hatte, war manchmal ein kleines Stückchen Wiener Würstchen dabei, welche auch heute noch seine Lieblingsspeise sind.
Mit all dem hätte er sich noch abfinden können, hätten diese Menschen nicht dauernd gestritten und bis zum Umfallen getrunken.

Eines Nachts bei einem Riesenstreit hatte der Mann Penny genommen und an die Wand geschmissen.
Dabei hatte sich das Fell an seinem Kinn abgelöst und die Hinterläufe schweren Schaden genommen.
Das war also der Grund, warum Penny so eigenartig ging und um das Maul herum so komisch aussah.
Mir tat er von Herzen Leid, und ich hatte ihn plötzlich richtig lieb.
Doch auch er hatte schließlich Glück.
Seine Besitzer zogen weg und setzten ihn aus.

Jo und Linda haben ihn aufgenommen und ihm all die Liebe geschenkt, die er bisher vermisst hatte, der Katzengöttin zum Dank.

Nie wieder werde ich mich über einen Artgenossen lustig machen, an dem irgendetwas anders ist.
Das habe ich mir damals geschworen.
Obwohl ich noch ziemlich jung war, hatte ich in der kurzen Zeit doch schon viel über das Leben gelernt.
Aber das wollte ich eigentlich gar nicht erzählen.

Lani und ich lagen also im Schatten des großen Baumes, direkt am Fluss und beobachteten die Luftsänger, die darin herumturnten und sangen.
Hier an dem fließendem Gewässer standen viele riesige alte Bäume, deren Namen ich leider nicht weiß.
Plötzlich war Leben in das Lanchen gekommen.
„Schau mal da oben. Hast du gesehen, dort ist eine große rotbraune Maus mit einem tollen buschigen Schwanz, die geh ich mir holen."
Noch ehe ich reagieren konnte, war sie dem Stamm hinaufgejagt und hing wenig später hilflos an einem dünnen Ast, der beängstigend wippte und ächzte.
Von dem Eichhörnchen war nichts mehr zu sehen.
Das alles geschah genau über dem Wasser.
Ich miaute wie am Spieß um Hilfe, hörte einen kräftigen Platsch und sah meine Schwester im Geiste schon ertrinken.
Was dann geschah, jagt mir noch heute vor Begeisterung das Fell in die Höhe.

Ein schwarzweißer Blitz schoss an mir vorüber, es platschte zum zweiten Mal und ich sah, wie Penny das Lanchen packte und sie aus dem Wasser zog.
Ich war fassungslos.
Dieser Penny – was für ein Mann.
Er hatte sein eigenes Leben riskiert, um seine Liebste zu retten.
Zu ersten Mal verstand ich, was Lani an ihm gefunden hatte.
Ich beneidete sie um diesen klaren Blick, der ihr geholfen hatte, bereits als kleines Mädchen Qualitäten zu erkennen. Ein Anspruch, der sich nicht zwangsläufig mit dem Geschmack der Masse deckte.
Chapeau, kleine Schwester.
Herzlichen Glückwunsch zu deinem guten Geschmack.
Die Liebe, die zwischen den beiden blühte, musste aus dem Paradies gekommen sein.
Das wurde mir an diesem Nachmittag bewusst.
Diese Liebe war ein Zauber.

Leilani, unser Frauchen, ist eine ganz Putzige, auch wenn sie den einen oder anderen Tick hat, aber das habe ich ja zu Beginn schon verraten.
Eines der Dinge, die ich an ihr besonders mag, ist die Art von Musik, die sie jeden Tag auflegt. Immer sind es warme, weiche Töne, welche die Räume

erfüllen, sobald sie eine von diesen silbrigen Scheiben in die Maschine schiebt.
Jedes Mal, bevor sie auf die Jagd geht, legt sie eine davon ein, damit wir wissen, dass sie bald mit leckerem Futter wieder heimkommt.
Selten dauert es länger als die Musik spielt, bis sie wieder da ist. Meistens kuschele ich mich in der Zwischenzeit in ihrem Bett, schnuppere an ihrem Duft und das Wasser läuft mir vor Vorfreude auf die zu erwarteten Leckereien schon im Maul zusammen.

 Ich und meine Familie gehören nicht zu den Whiskaskotzern.
Wir fressen Frisches, vom Rind, vom Huhn und von den Fischen. Dosentage sind Fastentage. In diesem Punkt sind wir alle gleich. Auch meine Eltern ekeln sich vor dieser Dosenpampe. Wir sind eben verwöhnt. Auch bei Trockenfutter sind wir wählerisch. Das Teuerste ist für uns gerade gut genug.
Billigware lassen wir stehen.
Es gibt keinen Grund für uns etwas anzurühren, was uns nicht schmeckt. Ein, zwei Fastentage pro Woche sind ohnehin gut für die Figur.
Füttern ist eine von Leilanis Lieblingsbeschäftigungen.
Am Liebsten würde sie die ganze Welt füttern.
 Dabei wird niemand vergessen.

Raben, Igel, Vögel, freilaufende Katzen, Ameisen, Bienen und sogar Nacktschnecken wissen ihre Großzügigkeit zu schätzen.

Leilanchen ist mehr als glücklich wenn sie nie etwas wegschmeißen muss, weil sie immer jemanden findet dem es schmeckt.

Oftmals habe ich ihr zugesehen wie sie lächelt, wenn es den Tieren schmeckt.

Der Raum scheint sich dann mit Licht zu füllen, ihre Miene bekommt etwas Spitzbübisches.

Ich glaube Leilani hat ein sehr reiches Innenleben, ein großes Herz und viel Phantasie.

Nur zu gerne wüsste ich, welche Filme dabei in ihrem Kopf ablaufen.

 Filme scheinen ihr ohnehin gut zu gefallen.

Täglich liegt sie mit Maui und mir auf der Couch, schaut in ihr kleines Heimkino und entspannt sich dabei total.

Sobald sie damit fertig ist, setzt sie sich an den Schreibtisch und kritzelt stundenlang auf weißem Papier herum.

Immer, wenn ich ihr dabei helfen wollte und versucht habe, ihren Stift zu führen oder mich auf das Papier legte, um es ein wenig anzuwärmen, hat sie mich einfach auf den Boden gesetzt.

„Zi Zi – ich muss jetzt arbeiten", hat sie dann jedes Mal gesagt. „Das Geld für euer gutes Futter muss schließlich verdient werden. Geh spielen raus in den Garten oder schau nach, was Lanchen macht."

Die ersten paar Mal war ich richtig beleidigt, doch mit der Zeit habe ich mich daran gewöhnt.
Auch als ich versucht habe ihr zu zeigen, dass wir uns zur Not auch alleine ernähren könnten, hatte das nicht den gewünschten Effekt.
Zuerst habe ich ihr Mäuse als kleines Geschenk vor die Füße gelegt. Später versuchte ich es mit Vögeln.
Dass sie nichts davon fressen wollte konnte ich gar nicht glauben. Zumindest habe ich sie nie dabei erwischt. Jedes Mal, wenn ich nach einer Weile wieder zurückkam, waren meine Liebesgaben allerdings verschwunden.
Auf jeden Fall hat sie mich immer gelobt, wenn ich Beute nach Hause brachte. Meine Eltern waren stolz auf mich.

Beim Arbeiten helfen durfte ich Leilani trotzdem nicht.
So habe ich meine Liebesgaben wieder eingestellt.
Wer nicht will der hat schon.
So ist es und nicht anders.
Was diesen Punkt betrifft, werden wir wahrscheinlich immer auseinander driften wie zwei Himmelskörper.

Doch deswegen mache ich mir keine Gewitterwolken im Kopf.
Wenn ich mal ganz ehrlich sein soll, schmecken mir Mäuse auch nicht besonders.
Mein Gaumen hatte sich die letzten Monate schon zu sehr verfeinert. Aber kosten hätte mein Frauchen sie wenigstens einmal können.
So viel Höflichkeit hätte ich von ihr erwartet.

Eine weitere Leidenschaft meines Frauchens sind Bilder.
In der ganzen Wohnung gibt es nicht eine Wand, an der nicht mindestens eins davon hängt.
Manchmal malt sie sogar selbst und wir mussten ihr schon oft Modell stehen.
In ihrem Badezimmer hängt eines davon, das mir besonders gut gefällt. Einer von euch Aufrechtstehern ist darauf abgebildet, wie ich ihn auf der Straße bisher noch nicht gesehen habe.
Ich glaube es ist ein Weibchen, wunderschön mit langem blondem Fell auf dem Kopf, gekrönt von einem goldenen Ring.
Sie trägt ein langes hellblaues Gewand, hält zwei kleine Kinder an der Hand, hilft ihnen dabei eine Holzbrücke zu überqueren, die über einen reißenden Fluss führt. Dieses Wasser schaut gefährlich aus.
Aber sonst sind überall Blumen.

Was an diesem Weibchen am eigenartigsten ist, sind zwei riesige Flügel, die ihr direkt aus dem Rücken wachsen.
Sie muss also irgend so eine Art von Geflügel sein.
Zu gerne würde ich so ein Wesen einmal fliegen sehen.
Das stelle ich mir toll vor.
Ob es auch Katzen mit Flügeln gibt?
Wenn ich mir vorstelle wie das wäre, kriege ich gleich Gänsefell.

Von der kleinen Stadt Dorfen habe ich bisher noch nicht viel gesehen. Ich weiß, das es hier eine ganze Menge Häuser gibt, in denen ihr Zweibeiner mit uns Vierbeinern lebt, das große und kleine Stinkkästen herumfahren, die sehr gefährlich sind und fürchterlichen Krach machen.
Dann gibt es auch noch so Esel aus Blech, mit und ohne Motor.
Vor den Großen, die am meisten fauchen, muss man sich besonders in Acht nehmen, weil sie verdammt schnell sind.
Irgendwo ganz bei uns in der Nähe muss es noch ein anderes Haus geben, das mehrmals am Tag bimmelt wie verrückt, anscheinend so eine Art Wecker.
Was für eine intelligenzabstinente Flachpfeife sich da anscheinend nicht wecken lässt, möchte ich gar nicht wissen.

Dem würde ich was erzählen. Obwohl Idioten zu widersprechen sinn- und zwecklos ist.

Dass das Bild der geflügelten Frau meine Augen entjungfert hat, gebe ich zu. Dieses Bild hat einen Traum in meine Seele gepflanzt, ist meine Medizin geworden.
Ich nehme sie ein, wenn ich mich nach Ganzweitfortistan sehne, denn auch um mich und mein schönes Leben schlägt die Trauer manchmal keinen Bogen.

Mo Lee, mein Vater war der schönste und mutigste Kater, den ich mir vorstellen konnte.
In unserer Familie gibt es welche, die sich Panther nennen und viel größer sind als wir.
Sie sind genauso pechschwarz wie mein Daddy, haben gelbe Augen, starke Zähne und sind die mutigsten Jäger, die es gibt.
Genauso majestätisch wie unsere großen Verwandten bewegte sich auch mein Vater. Wie er durch den Garten streifte, mit uns allen gemeinsam die Kunst des Anschleichens, das große Pirschen übte, war faszinierend.
Wäre er nicht mein Vater gewesen, hätte ich mich sicher in ihn verliebt. Ach scheiß drauf – ich liebe ihn auf jeden Fall und bin stolz darauf, dass er mein Vater ist.

Für mich war er unverletzbar, übermächtig und unbesiegbar.
Eine Supercat eben.

Bis zu dem Tag, an dem das Unvorstellbare geschah.
Eines Nachmittags hatte das Telefon stürmisch geklingelt und als mein Frauchen drangegangen ist hat sie erst die Luft angehalten, ist blass geworden, hat sich ein großes Handtuch geschnappt und ist aus dem Haus gestürzt, so als ob der Teufel hinter ihr her wäre.
Mit ihrem Verhalten hat sie uns so erschreckt, dass Mama und Lani, die ausnahmsweise auch mal zu Hause war, gleich Reißaus nahmen.
Nur ich habe mich unter der Bettdecke versteckt, ich wollte erst rausfinden, was geschehen war.

Wenig später, als Leilani mit dem Papa, eingewickelt in ein blutdurchtränktes Handtuch, wieder zurück in die Wohnung kam, habe ich mich hervorgetraut.
Schnell sah ich, dass mein Daddy am Hals ein tiefes riesiges Loch hatte, aus dem das Blut herausgeflossen kam.
Mo Lee hatte also gekämpft mit einem bösen Tier, das stärker war als er und längere Zähne hatte, als ich mir vorstellen konnte.

„Doktor, kann ich sofort kommen", schrie mein Frauchen ins Telefon. „Mein Kater ist von einem Marder angegriffen worden, schwer verletzt, er verblutet."
Mir gefror das Blut in den Adern.
Dass es da draußen Tiere gab, die Mörder hießen, habe ich nicht gewusst.
Und dann habe ich gewartet und gewartet und gewartet.

Der Nachmittag kam mir heute viel länger vor als an anderen Tagen.
Auch in der Wohnung hielt ich es nicht aus.
Also setzte ich mich vor dem Haus auf den Bürgersteig und funkte soviel Liebe ich konnte zu meinem Papi, von dem ich nicht wusste, wie es ihm ging und wo er war.
Passend zu meiner Stimmung sprenkelte Regen die Straße mit schwarzem Silber.
Mo Lee lag tief schlafend in einem weißen Käfig, als Leilanchen mit ihm zurückkehrte.

Der Hals war verbunden und unter seinem Schwanz sah auch etwas komisch aus.
„Wir mussten ihm zur Versorgung der Wunde eine Narkose geben", erzählte mein Frauchen der Nachbarin, die gleich gekommen war. „Ein Marder hat sich total in ihn verbissen. Das hätte leicht schief gehen können. Ich bin so froh, dass der

Schatz noch lebt. Na – und weil er eh schon narkotisiert war, haben wir ihn gleich noch kastriert. Vielleicht wird er jetzt ein bisschen ruhiger. Der Schlingel war ja Tag und Nacht auf der Pirsch und immer angriffslustig."
„Schade, dass so etwas nur bei Tieren erlaubt ist", schäkerte die Nachbarin. „So eine Behandlung wäre für den einen oder anderen Mann auch nicht schlecht."
Keine Ahnung, warum die zwei Frauen das so lustig fanden und sich fast totlachten.
Naja – eure Rasse spinnt eben.
Dumme Sprüche wie Schnippi-Schnappi-Eichen appi finde ich auch….
Ach lassen wir das lieber.
Dass eine Krankheit genauso viel gibt wie sie nimmt ist auf jeden Fall gelogen.
Erst kommst du mit einer Lochwunde zum Doktor, und dann mit zwei fehlenden Eiern wieder nach Hause.
Ein eindeutiger Beschiss.

 Das Bild meines Vaters als der Unbezwingbare, hat sich an diesem Tag verändert.
Doch das Bild eines Helden, der trotz seiner Niederlage und seiner Schwäche nichts an Würde verlor, ist für mich noch tausendmal kostbarer geworden.

Zum ersten Mal lernte ich wie es sich anfühlt, wenn die Liebe wächst und das Herz sich vergrößert.
Leilani hat sich rührend um ihn gekümmert, ihm das beste Futter serviert und seine Wunden zweimal täglich mit einer wohlduftenden Salbe eingeschmiert.
Der Arme war ganz wackelig auf den Beinen, als er aus dem Narkoseland wieder zurück auf die Erde kam.
Wir haben uns alle so gefreut, dass er wieder bei uns war.
Maui hat ihn immerzu zärtlich das Köpfchen geleckt und ihn mit Küssen überflutet.

Solange das Betäubungsmittel noch aktiv war, blieb das Katzentürchen geschlossen.
Meine Mutter und ich sind damit gut zurechtgekommen.
Für Lani war das ein Drama.
Penny saß direkt vor dem Türchen und maunzte erbärmlich nach seiner Liebsten.
Normalerweise konnte Leilani nie lange widerstehen, wenn Lani etwas von ihr wollte.
So schlängelte sich meine Schwester stundenlang wie eine orientalische Tänzerin um Leilanis Beine, machte ihren sonst todsicheren Häschenblick – ohne Erfolg.
Heute musste sie zu Mo Lees Wohl einfach hart bleiben.

Doch auch nach den dichtesten Wolken erscheint wieder die Sonne.
Am nächsten Morgen öffneten sich für sie die Tore zum Paradies und es geschah zum ersten Mal, dass Lani nicht mehr zu Hause schlief, sondern die Nacht bei ihrem Liebsten im Nachbarhaus verbrachte,
Wie mir scheint ist die Liebe etwas Unausweichliches.
Doch ist sie auch für jeden erreichbar???

Ehrlich miaut, ihr Menschen seid komische Tiere mit eigenartigen Angewohnheiten, die euch ein wenig versklaven.
Zum Beispiel dieses runde Ding, das in den Zimmern entweder an den Wänden hängt, oder in kleinen Kästchen gefangen ist, die irgendwo herumstehen.
Weil das anscheinend noch nicht reicht, schleppt ihr auch noch Armbänder damit herum.
Mit diesen Dingern wollt ihr etwas messen, das ihr Zeit getauft habt.
Als wenn es so etwas wirklich gäbe,
Ständig wollt ihr wissen wie spät es ist und beobachtet die Zeiger, wie sie von einer Zahl zur nächsten wandern.
So ein Blödsinn.

Wir hingegen leben nach dem Sonnenschritt, wachen auf sobald sie am Horizont erscheint, freuen uns den ganzen Tag über an dem Licht und der Wärme, die sie spendet, gehen schlafen, wenn sie wieder untergeht.
Meistens jedenfalls.
Ausgenommen wir wollen nachts auf die Jagd gehen.
Dieser Rhythmus ist gesund, natürlich und hat einen schönen Fluss.

Ihr hingegen zerhackt den ganzen Tag und auch die darauf folgende Nacht in lauter Stunden, Minuten und Sekunden.
Da wird man mit dem Zählen gar nicht mehr fertig.
Ich finde diese Dinger sind Lebenszeitdiebe, einfach pfui teuflisch.
Oder habt ihr noch was von eurer geliebten Zeit übrig, nachts das Lagerfeuer des Sternenvolkes leuchten zu sehen?
Mit eurer saublöden Mess- und Zählwut fällt der Kurs eures Lebens täglich um einen Tag.
Bei uns dagegen kommen Tag und Nacht groß und blau durch die offenen Fenster hereingeweht, duften nach dem Geruch der Erde, der Blumen und der funkelnden Sterne.
Alles, was man als Katze sein will, ist ein wundervoller Funken Leben, der versuchen wird, nicht so schnell zu verlöschen.

Im Gegensatz zu euch Menschentieren leben wir im Hier und Jetzt, vergeuden unsere Kraft nicht mit Vergangenheit und Zukunft, so wie ihr es tut.
Das Absurdeste für mich ist, dass ich schon oft erlebt habe, wenn einer von euch auf etwas wartet.
Ihr versucht die Zeit bis dahin mit etwas totzuschlagen.
Egal ob es dann nützliche oder weniger nützliche Dinge sind.
Euch soll mal einer verstehen, Ts, Ts, Ts, Ts.

Manchmal, wenn ich über eure Rasse so nachdenke, wird es mir vor Schreck ganz kalt.
Trotzdem habe ich euch lieb.
Vor allem mein Frauchen Leilani.

Draußen ist es seit einiger Zeit kälter geworden.
Am Abend hängt der Himmel oft wie angeglühtes Eisen zwischen den Dächern.
Meine schmackhaften Lieblinge, die Luftsänger, haben sich zu Gruppen zusammengeschlossen, fressen sich die Bäuche voll und machen über unserem Haus Flugübungen in Scharen.
Plötzlich sind alle weg.
Keine Ahnung wohin sie abgedüst sind.
Schade, dass nur noch ein paar von ihnen übrig geblieben sind.
Ausgerechnet die, deren Gesang nicht so schön ist.

Gemeinsam mit meiner Mama und meiner Schwester, der kleinen verliebten Schwanzwedlerin, haben wir einen Ausflug gemacht.
Leilani hat uns in zwei Käfige gesteckt, ein Taxi bestellt und uns zum Tierarzt gebracht.
Maui und Lani haben miaut wie am Spieß.
Mir hat die Fahrt gefallen.
Den Doktor kannten wir schon, es gab also keinen Grund zur Sorge.

Mit seiner schönen tiefen Stimme hat er beruhigend auf uns eingesprochen, uns gestreichelt und aus dem Käfig genommen.
Dann hat es Pieks gemacht.
Schon haben wir geschlafen.

Was dann geschah weiß ich bis heute nicht.
Aufgewacht sind wir wieder zu Hause.
Was heißt aufgewacht?
Ich war ein bisschen wach, wollte aufstehen, bin aber gleich wieder umgefallen und habe weiter geschlafen.
Maui und Lani ging es genauso.
Das Aufwachen hat fünf Stunden gedauert.
Auch das Stickmuster, das wir plötzlich am Bauch hatten, konnte ich mir nicht erklären.
Vielleicht war es ein Totemzeichen, damit jeder sehen konnte zu welchem Stamm wir gehören.
Oder war es gar eine Schönheitsoperation?
Wie dem auch sei – in drei Tagen hatte ich die Sache vergessen und fühlte mich sauwohl.
Leilani hat auch so ein komisches Gesticke am Bauch.
Das habe ich oft gesehen, weil sie sich zum Schlafen immer nackig auszieht.

Das Lanchen ist, sobald sie wieder auf den Beinen war, mit fliegenden Fahnen zu ihrem Liebsten geeilt.

Ich glaube, selbst ein Erdbeben hätte sie nicht aus seinem Bannkreis herausgerissen.
Nie hatte sie sehnlicher das Ende ihrer Schläfrigkeit herbeigesehnt als an diesem Tag.
Wieder und wieder hatte sie durch die großen Fenster gespäht, um zu sehen ob Penny noch immer auf der Terrasse saß und auf sie wartete.
Egal, wie oft sie umfiel und weiterschlief.

Penny war treu.
Nicht einen Millimeter bewegte er sich von seinem Platz, bis Lani wieder bei ihm war.
Noch nicht einmal Linda, sein Frauchen, vermochte ihn mit Wiener Würstchen zu verlocken.
Bei deren Duft, der in seine Nase stieg, sobald sie damit vor seiner Schnauze herumwedelte, rümpfte er diese nur.
Lieber wäre er verhungert, als seine Liebste zu enttäuschen.
Dieser Kater hat wirklich den Charakter eines Ritters.

Warum Ihr immer verreisen müsst, und ganz geheimnisvoll tut, obwohl wir immer merken, wenn Ihr über das Fliegen redet und heimlich Koffer aus dem Keller holt, verstehe ich nicht.
Wie mir scheint habt ihr alle ein Riesenproblem.

Das größte davon, also das eurer Menschheit, scheint diese Menschheit selbst zu sein.
Oder warum haltet ihr es in eurer Heimat nicht aus?
Linda und Jo, unsere Nachbarn, wollen plötzlich in den Uhr- Laub fahren.
Ich frage mich ernsthaft was das denn sein soll?
Wachsen aus den Zeitmessern jetzt Blätter heraus oder was?
Heimlich habe ich gelauscht, als Linda und Leilani sich darüber unterhalten haben.
Vierzehn Tage soll es in ein Land gehen, das Kriechen-Land heißt.
Darf man dort nur kriechen?
Oder lebt dort nur ein kriechendes Volk, so wie Würmer, Raupen und Schlangen?
Freiwillig würde mich kein Mensch in so ein Land bringen, wo sich alle nur im Staub bewegen.
Schon seit dreißig Jahren fahren die Nachbarn dorthin.
Auf eine Insel, die Nixos heißt.
Klingt doch wie nix los.
Oder täusche ich mich da?

Mein Frauchen soll in diesen zwei Wochen Haus- und Katzensitter sein.
Das heißt, sich um alles kümmern, die Miezen, Pflanzen und Enten versorgen.
Linda machte sich schreckliche Sorgen, ob ihr Penny nicht verhungern würde, weil er aus Kummer

über ihre Abwesenheit das Futter verweigern könnte.
Diese Sorgen waren völlig grundlos.
Wahrscheinlich kannte die Nachbarin meine Leilani noch nicht gut genug.
Endlich würden mein Frauchen und ich mal gemeinsam arbeiten.
Das ich ihr dabei helfen würde war sonnenklar.
Ich konnte es kaum erwarten.

Bisher hatte ich in Lanis Palast noch nicht hineingedurft, konnte nur manchmal von außen durch die großen Fenster einen Blick hineinwerfen, weil Penny mich immer angefaucht und vertrieben hatte.
Gemeinsam mit Leilani würde mir so etwas nicht passieren.
Penny war mucksmäuschenstill, als wir am nächsten Morgen ins Haus kamen.
Während mein Frauchen in der Küche das Futter präparierte, das Katzenklo reinigte, das auf dem Flur stand und anschließend das Brot für die Enten schnitt, zeigte mir Lani voller Stolz ihr neues Reich.

Viel größer war das Haus, in dem sie nun die meiste Zeit mit ihrem Liebsten verbrachte, als meine kleine Wohnung.
Steile Treppen führten hinauf in zwei weitere Etagen und es gab ganz viele Zimmer.

Am besten gefiel mir der Raum ganz oben, in dem alles aus Holz war und es gab dort so viele Bücher, wie ich noch nie gesehen hatte.

„Schau mal, das ist mein Lieblingsplatz", miaute mein Schwesterchen und sprang auf eine große halbrunde Couch, die in einer Ecke dieser Zimmerpyramide stand.

„Hier liege ich mit meinem Schatz, wenn es draußen regnet oder es am Abend im Garten zu kalt ist. Manchmal beobachten wir von hier aus das Programm im Flimmerkasten. Das Herrchen sitzt meistens dort vorn am Schreibtisch und klimpert auf diesem Tastending herum, das dann Bilder in dem großen Kasten macht, der dort steht. Dabei raucht er dann viele Stängel, die ziemlich stinken. Penny miaut dann immer in strengem Ton, solange bis der Jo aufsteht, die Balkontüre aufreißt und alles wieder gut wird."

Die Möbel in dem großen Haus sind anders als bei mir zu Hause, ganz dunkel mit viel Silber. Auch an den Wänden gibt es nicht so viele Bilder wie bei mir, und Altar habe ich auch keinen gesehen. Aber es gefällt mir. Auch wenn ich es bei mir zu Hause gemütlicher finde.

Wie ich sehen kann, schmeckt dem Penny das Essen ganz vorzüglich.
Linda hat sich also umsonst gesorgt.

Sahne schlabbert er weg wie nichts.
Maui und Mo Lee machen um das Haus einen großen Bogen.
Ich glaube, sie haben das mit Penny so ausgemacht.
Wir kommen nicht zu dir – und du kommst nicht zu uns.
Man respektiert sich eben.
Schließlich ist Penny der König in diesem Revier.

Katzensitting ist auf die Dauer ganz schön anstrengend.
Das hätte ich die ersten Tage nicht gedacht.
Kaum war die Sonne am Himmel aufgetaucht begannen die Enten zu schnattern wie verrückt.
Hat man Enten vor der Haustüre braucht man keinen Wecker mehr, das kann ich euch sagen.
Vor allem dann nicht, wenn sie gewöhnt sind zu einer bestimmten Zeit gefüttert zu werden.

Deshalb sind mein Frauchen und ich schon beim Morgengrauen aus dem Bett geplumpst und haben uns gleich auf den Weg gemacht.
Zum Glück steht um diese Stunde noch keiner von den Nachbarn auf, sodass es nicht auffiel, dass Leilani nur den Morgenmantel trug.
Höchstens die böse Nachbarin, die über uns wohnt, liegt wieder auf der Lauer, macht heimlich Fotos,

beschwert sich über uns bei der Hausverwaltung, wie schon so oft.
Sie ist eine hässliche alte Frau mit einer ganz schrillen Stimme und einem scheußlichen Charakter.
Wahrscheinlich ist sie so böse weil sie einsam ist, habe ich mir einmal gedacht und bin zu ihr hoch gegangen, um sie zu trösten.

Giftig dreinschauend saß sie auf der Terrasse.
Ich bin dann zu ihr hingelaufen und habe so lieblich miaut, wie ich nur konnte. Zum Dank ist dieses Untier aufgesprungen, hat ihre Gießkanne gepackt und mir das ganze eiskalte Wasser über den Kopf gekippt.
Da habe ich um Hilfe geschrieen, so laut ich nur konnte und mich schnurstracks aus dem Staub gemacht.
Doch mein tapferer Vater hat mich gerächt (hä hä hä hä).
Unerschrocken hat er der Frau seine Krallen ins Bein gejagt, woraufhin sie schrie wie am Spieß.
Das hat mich riesig gefreut, obwohl Leilani mit uns schimpfte.
Sie hat gelächelt, während sie uns die Ohren lang zog, denn in Wahrheit hat sie sich selbst über seine Heldentat gefreut.
Das sei nur kurz erwähnt.

Bei unserer Morgenvisite lagen Lani und Penny immer noch eng aneinander gekuschelt im duftigen Bett ihres Frauchens.
Tief und fest schlief der große Kater und hatte liebevoll meine Schwester an sein Herz gedrückt.
Im Schlaf verliert selbst ein Löwe seinen Schrecken.
Wenn Leilani die beiden weckte, leckte er immer zuerst Lanis Köpfchen und wischte ihr den Schlaf aus den Augen.
Wohlig hat sie sich gedehnt, gereckt und kräftig gegähnt und ihn dann ebenfalls der morgendlichen Toilette unterzogen.

„Kommt, euer Frühstück ist fertig, draußen ist schönes Wetter, das Leben wartet auf euch", wurden sie gelockt.
Penny ließ sich so was nicht zweimal sagen und machte sich flugs auf den Weg, dicht gefolgt von seiner Liebsten.
Wäre Penny nicht zehn Jahre älter als mein Schwesterchen, hätte man die beiden für Zwillinge halten können.
Egal, wohin sich Penny auch bewegte, sie folgte ihm wie ein Schatten.

Mein Frauchen lüftete am Morgen das ganze Haus, goss die Pflanzen und Blumen, schaltete das Radio ein, damit das Liebespaar sich nicht verlassen

fühlte, sobald wir in unsere Wohnung zurückkehrten.
Mein Frauchen gab sich wirklich die größte Mühe, Penny zu beglücken, streichelte ihn viel und er schien es wirklich zu genießen.

Jetzt, da Linda und Jo im Uhr-Laub waren, hatte er viel mehr Gesellschaft als sonst.
Täglich wanderten die beiden in eine andere Stadt, um dort diesen Ermöglichungsfaktor Geld einzufangen, das man dringend für leckere Sachen braucht.
Wirklich gute Jäger waren die zwei, doch Penny hätte sich oft gewünscht, dass es mehr Wochenenden gäbe, weil sie dann bei ihm zu Hause wären.
Jetzt, mit Leilani und mir war es zwar lustiger, aber doch nicht dasselbe.

Schon nach einer Woche begann mein Arbeitseifer leider zu verpuffen.
Es war doch jeden Tag dasselbe Ritual, das mich zu langweilen begann.
Lani und Penny jeden Tag beim Schmusen zuzuschauen, war auch nicht gerade erheiternd.
Langsam fühlte ich mich wie das fünfte Rad.
Meine verliebte Schwester hatte kaum mehr ein Auge für mich, glotzte nur noch ihren Liebsten an.

Auch wenn mein Frauchen mit Koseworten wie Tigerprinzessin, Miezemäuschen, Knutschelchen und Zi Zi Pehlele zu verlocken suchte, war ich nicht mehr bereit, öfter als zweimal am Tag mitzugehen.

Maui, meine Mutter, kümmerte sich auch nicht mehr um mich. Lieber unternahm sie lange Spaziergänge oder speiste und schlief dann sofort, wenn sie wieder zu Hause war.
So nützte ich meine Chance, Mo Lee, mein Papilein, der auch öfter da war, ein paar Fragen zu stellen.
„Sag mal, Papa", setzte ich eines Tages an „wie hast du eigentlich unser Frauchen gefunden? Bist du auch hier zur Welt gekommen, oder warst du vorher woanders?"
„Ach du meine Güte", grummelte er und gähnte wie ein schläfriger Panther. „Was du alles wissen willst. Also gut, ich werde es dir erzählen, du kleiner Naseweis. Bevor ich die Leilani gefunden habe, lebte ich bei anderen Menschen ein paar Straßen weiter. Sie haben mich, als ich noch ganz klein war, aus dem Tierheim geholt und waren am Anfang ganz lieb zu mir. Aber dann, eines Tages, haben sie ihre Sachen in Kisten gepackt und sind weggezogen."

„Ja und dann", fragte ich atemlos. „Was ist dann passiert?"

Mo Lee hüstelte. „Na ja, mich haben sie vergessen und ich lebte plötzlich auf der Straße, musste mich um alles selbst kümmern. Zum Glück gibt es hier viele Mäuse und Vögel, sonst wäre ich bestimmte verhungert. Ich musste so viele Dinge lernen. Zum Beispiel, wie man sich anschleicht, jagt und Beute macht und vor allem, und das ist das Wichtigste, wie man mit den wilden Katzen, die hier überall leben, zurechtkommt. Weißt du, Zi Zi, jede Katze braucht ein Revier. Gerätst du draußen auf der freien Wildbahn in ein fremdes Revier hinein, gibt es blutige Kämpfe. Du glaubst gar nicht, wie viele Narben ich an meinem Körper habe. Man kann sie nicht sehen, weil sie unter dem Fell verborgen sind. Dieses Leben hat mir keinen Spaß gemacht.
Also begab ich mich auf die Wanderschaft. Eines Tages hatte ich Glück und fand dieses Haus. Gut getarnt lag ich unter einem Busch, habe diesen Ort lange Zeit ausgespäht. Dann kam Leilani und ich habe mich gleich in sie verliebt. Wie sie so auf der Terrasse stand, liebevoll mit ihren Pflanzen sprach, die trockenen Blüten und Blätter entfernte, und die Pflanzenwesen mit Wasser versorgte, gab mir sofort die Gewissheit, dass sie für mich die Richtige war. Sie und keine andere wollte ich haben."

Die schwarzen Augen meines Vaters begannen förmlich zu glänzen.
„Und wie hast du sie dann erobert?"

Mo Lee grinste.
„Na genauso, wie man es bei Weibchen eben macht. Hoheitsvoll bin ich auf sie zu stolziert, habe ihr schöne Augen gemacht, ihr meine liebste Arie vorgesungen und mich zärtlich an ihr Bein geschmiegt. Das hat gewirkt wie immer."

„Hallo – wer bist du denn", hat sie mich begrüßt, mich gleich hinter den Öhrchen gekrault, mich intensiv gestreichelt und auf den Poppes geklatscht."
„Oh, du hast doch bestimmt Hunger, du schöner Kater. Komm mit in die Küche, ich glaube, dort werden wir bestimmt etwas für dich finden."
Und so war es dann auch.
Sie holte Milch, Schinken und ein bisschen Käse aus dem kalten Schrank und stellte mir alles hin.
Das habe ich mir schmecken lassen, kann ich dir sagen. Von diesem Moment meines ersten Sieges an wich ich ihr nicht mehr von den Fersen.
So lange, bis sie begriffen hatte, dass ich bei ihr bleiben wollte und ab jetzt ihr süßer wilder Kater war. Gott, war das spannend."
„Papa, warum ich Zi Zi Peh heiße, ist mir klar. Ich heiße Zi Zi Peh, weil ich Zi Zi Peh bin. Nachfahrin einer chinesischen Prinzessin. Das hat mir das Frauchen oft genug erzählt. Aber warum heißt du Mo Lee? Bist du vielleicht ein Nachfahre vom Kaiser von China?"

Meinen Vater schüttelte es am ganzen Körper.
„Nee, also wirklich nicht. Ich verdanke meinen Namen leckerem Käse."
Wahrscheinlich habe ich meinen Vater so saudumm angeschaut, wie eine Kuh, wenn es blitzt und donnert.
Ich verstand nur Bahnhof.
Als dann mein Vater mein kleines Prinzessinnennäschen mit seiner Pfote anstupste, half mir das auch nicht weiter.

„Bei unserer ersten Begegnung hat Leilani mich mit Käse gefüttert. Seitdem bin ich süchtig auf dieses Zeug. Leider hat sie mir nie wieder was davon gegeben, sondern lieber Katzenfutter oder Frisches auf den Teller gepackt. Das schmeckt zwar ganz ok, ist aber nichts gegen Käse. Tag für Tag habe ich gehofft, dass ihr dieses doofe Katzenfutter endlich ausgehen würde und sie mich mit Käse füttern muss. Diese Götterspeise, die die Zähne so herrlich verklebt, wenn man ein größeres Stück davon mampft, ist unbeschreiblich, führt zu ausgedehnten Mäulchenschleckereien, ist ein Gedicht. Doch ich wartete vergeblich. Eines Tages hatte ich Glück. Leilani telefonierte gerade mit einer Freundin, ging dabei im Schlafraum auf und ab. In ihrer rechten Hand hielt sie ein Käsebrot, das dick damit belegt war und einen Duft verströmte, der mir beinahe den Verstand raubte. Mit dem Rest, der mir noch verblieben war, sprintete ich auf sie zu, sprang aus dem Stand in die Höhe und entriss ihr das Käsebrot, diese Droge, nach der ich mich schon seit Ewigkeiten sehnte. Sie ist so erschrocken, dass ihr das Telefon aus der Hand gefallen ist. Gleichzeitig war sie begeistert."

„Wie hast du denn das gemacht, du wilder Panther", rief sie verzückt, du bist ja besser als Bruce Lee. Das soll dein Name sein, nein halt, Bruce wäre blöd – nein – du bist Mo-Lee, der unbesiegbare schwarze Kater."

Seit ein paar Tagen wache ich immer später auf und werde auch früher müde.
Die Sonne, mit deren Schritt ich ja lebe, erscheint immer später am Horizont und geht auch früher zu Bett.
Ob sie mit uns Lebewesen dieser Erde böse ist?
Oder wie soll ich es mir sonst erklären, dass sie von Tag zu Tag kürzer scheint um uns mit ihrer Schönheit und Wärme das Leben zu versüßen.
Auch sonst tut sich einiges draußen im Garten.
All die schönen grünen Blätter an den Bäumen haben sich plötzlich maskiert.
Gelb, rot, braun und viele andere Farben sind jetzt ihr Gewand.
Kräftige Windwirbel reißen sie von den Ästen und lassen sie in den Lüften tanzen.
Gibt es keinen Wind, der mit ihnen seine Späße treibt, fallen sie einfach ganz sacht herab, segeln voller Anmut zu Boden.
Es scheint ihnen Spaß zu machen ihren Baum, der sie solange beherbergt hat, komplett zu entkleiden, bis dieser splitterfasernackt auf der Wiese steht.
Ganz schön undankbar, dieses Blätterpack.
Die werden schon noch sehen, was sie davon haben, dass es gar nicht lustig ist auf der Wiese zu verfaulen.
Aber so lange der Wind mit ihnen spielte, haben sie uns große Freude gemacht.

Sogar mein Schwesterchen nahm sich die Zeit mit mir gemeinsam diesem Spielzeug hinterher zu jagen.
Tagelang sind wir gehopst und gesprungen, dass es eine wahre Freude war.
Penny sah uns dabei hoheitsvoll auf seinem Sessel thronend zu, hat sich an unserem Anblick erfreut.
Blätter fangen fanden wir maximiau.

Doch es gab in dieser Zeit auch Tage, in denen Regen wie Silbertaler aus Wasser vom Himmel auf die Erde stürzte.
Das fühlte sich an, als würde der Sommer darin ertrinken.
Kalt war es an diesen Tagen, und der heftige Wind verwandelte sich in einen Wüstling, der Blumentöpfe umschmiss und noch mehr Unsinn anstellte.
An solchen Tagen blieb ich zu Hause, genau wie meine Eltern.
Das Schönste für mich an solch stürmischen Tagen war ihnen dabei zuzusehen, wie sie ineinander verschränkt sich umeinander schmiegend, nur diesen einen Moment kennend, der alle Zeit vergessen lässt und alles Glück erahnt, auf dem großen Bett liegen zu sehen.
Liebesgeschichten fangen so an.

Doch es dauerte nicht lange, und ich lernte erneut das Schicksal kennen, auf eine Art, die mir gar nicht gefiel.
Kaum waren die Regentage vorbei, strahlte die Sonne erneut mit voller Kraft.
Dabei verbreitete sie ein neues sanftes Licht, wie ich es zuvor noch nicht gesehen hatte.
Alles, wovor ich wirklich Angst habe im Leben, sind Augenblicke des Abschieds.
Wie mir scheint ging es der Sonne genauso.
Zum letzten Mal flammte sie auf, bevor ihr Licht in eine andere Zeit versank.

„Ist dieser Altweibersommer nicht herrlich", begrüßte am Morgen Leilani die Nachbarin, die gerade damit beschäftigt war, ihrer Entenschar das Frühstück zu servieren.
Die große silberne Schüssel, angefüllt bis zum Rand mit sorgfältig klein geschnittenen Brotstückchen, leerte sich schnell, weil Enten gefräßig sind.
„Ach, wem sagst du das", antwortete Linda, die schon fertig angezogen war.
„Ich würde mich auch liebend gern auf dem Liegestuhl verlustieren und nicht nach München in die Arbeit fahren. Aber ich muss bis nächste Woche fertig sein. Wenn meine Kunden aus dem Indian Summer zurückkommen, muss das Haus fertig eingerichtet sein. First-Class-Kunden erwarten

First-Class-Service. Weißt du, dieser Fussballpromi und seine Blondine haben die Housewarming- Party schon fest eingeplant. Die Einladungskarten sind verschickt, das Käfer-Catering bestellt und dieser langhaarige Geigenzupfer ist für teures Geld auch schon gebucht. Da bleibt mir nichts anderes übrig als Gas zu geben, egal wie verlockend die Sonne scheint. Schließlich will ich mich nicht blamieren. So ein Haus ist für mich wie eine Visitenkarte. Ein paar Promis mehr in meiner Kartei könnten nicht schaden. Also tschüs, einen schönen Tag und lass dich von der Sonne verwöhnen. Es könnte ja jeder Tag der letzte sein. Genieß es in vollen Zügen."
Leilani winkte und rief ihr hinterher: „Na, dann drück ich dir die Daumen, dass die Promis beim Zahlen auch so ein Tempo vorlegen."
„Na, du weißt ja wie das ist", lachte Linda „gute Menschen reizen die Geduld, böse die Phantasie und wenn meine Promikunden nicht brav sind, hetze ich ihnen Penny auf den Hals."
Bisher hatte ich gar nicht gewusst, dass Pennys Frauchen so einen gefährlichen Beruf hat.
Diese Promis scheinen mir so eine Art hungrige Löwen zu sein, die man ständig mit Neuem füttern muss.
Einige davon scheinen Geizknochen zu sein.

Am liebsten wäre ich der Linda hinterher gerannt und hätte sie gewarnt.

„Pennymama, halte dich vor geizigen Menschen fern. Geizige Menschen sind in kleinen Seelen gefangen. Such dir die Großzügigen aus. Denn Großzügigkeit ist eine Art von Schönheit."
Doch da so etwas Pennys Aufgabe ist, blieb ich liegen.

Leilani und ich faulenzten den ganzen Tag draußen in unserem schönen Garten.
Ach, war das herrlich in dieser zärtlichen Sonnenwiege zu liegen, alles Mögliche zu träumen.
Altweibersommer – warum dieses Glück wohl so komisch heißt?
Wahrscheinlich müssen alte Weiber etwas besonders Schönes sein, das man besonders lieb haben durfte.
Dann war mein Frauchen wohl auch schon ein altes Weiber, weil ich sie besonders gerne mochte.

Penny und Lani taten es uns an diesem Tag gleich. Wie Mann und Frau lümmelten sie unter einem schattigen Busch, waren gerade dabei zu vergessen, dass es überhaupt noch etwas anderes außer ihnen auf dieser Welt gab.
Langsam dämmerte mir, dass Liebe wohl ein Egoismus zu zweit sein muss.
Dass Liebe und Schmerz zwei Seiten derselben Medaille sind, sollte ich später an diesem Nachmittag noch erlernen.

Im Haus neben unserer Wohnanlage befindet sich eine Fahrschule, die sehr gut besucht wird.
Vor diesem Haus gibt es einen gepflasterten Hof, dessen Steine an sonnigen Tagen warm sind wie ein Kachelofen.
Mo Lee, mein Papa liebte diesen Platz und hielt dort des Öfteren ein kleines Nickerchen.
Ich habe sofort gespürt, dass etwas nicht stimmte, als die Fahrschullehrerin mit hochrotem Kopf angerannt kam, und ihre Stimme kreischte wie eine Sirene. Schreckliche Worte stürzten aus ihrem Mund.

„Mein Gott, Leilani, es tut mir so Leid. Ich weiß gar nicht, was ich sagen soll. Eine unserer Schülerinnen hat aus Versehen deinen Kater angefahren. Ich glaube, er ist tot. Er liegt bei mir auf der Schwelle und rührt sich nicht mehr."
Wie ein Blitz fuhr Leilani hoch von ihrer Liege, riss das große Badetuch, das darauf lag, an sich und stürmte wie vom Teufel gejagt davon.
Ihre wunderschöne Bräune hatte sich in kalkiges Weiß verwandelt, und ich konnte hören, dass ihr das Herz bis zum Halse schlug.
Es ist kein gutes Zeichen, wenn mein Frauchen ein Handtuch an sich reißt und einfach drauflos rennt. Das wusste ich noch vom letzten Mal, als sie meinen Papa zum Doktor geschleppt hatte, weil er

verwundet war, und er dann ohne seine Eier wieder nach Hause kam.
Leilani war im Badeanzug losgerannt, doch das schien sie nicht zu stören.
Die heitere Gelassenheit dieses Tages war mir mit einem Schlag abhanden gekommen.
Wie erstarrt blieb ich auf meinem Platz sitzen, wartete auf ihre Rückkehr mit bangem Herzen.

Und es hat lange gedauert, bis mein Frauchen tränenüberströmt ohne meinen Papa und ohne das Handtuch wieder nach Hause kam.
Ich spürte die Wehmütigkeit ihrer Seele, als sie mich auf den Arm nahm, mich an ihr Herz drückte und ihre salzigen Tränen auf mein Fell tropften.
Lange Zeit sagte sie gar nichts.
Dann fiel ein Wort in das Schweigen, das mich erschreckte.
„Dein Papa ist tot, kleine Maus. Ein blödes Auto hat ihn angefahren, als er auf den Steinen geschlafen hat. Der Schock war so stark, dass er daran gestorben ist. Ich habe ihn untersuchen lassen und dann auf einer schönen Wiese begraben. Ach Zi Zi, ich bin so traurig."
Und sie hörte nicht auf zu weinen.
Tränen sind voll mit Erinnerungen, die von einem wegfließen.
Deshalb weine ich nicht, denn ich möchte die Erinnerungen an meinen Vater bei mir behalten.

Was wissen wir schon über den Tod.
Vielleicht ist er der Beweis vollkommener Liebe zwischen dem großen Geist und uns.
Immer holt er uns zur rechten Zeit nach Hause.

 Liebevoll leckte ich Leilanis Gesicht und versuchte sie zu trösten, was mir allerdings kaum gelang.
Niedergeschlagen saß sie am Abend in ihrem Zimmer, trank eine große Flasche roten Wein, solange bis die Bettschwere erreicht war.
Für sie schien Wein eine Erlösung zu sein, aus dem irdischen Jammertal, in dem sie sich befand.
Vielleicht probiere ich ihn auch mal.
Mir blieb nur der Blick zu den Sternen.
Voll war der Mond in dieser Nacht und ließ mich von seinem Glanz kosten.
„Leb wohl, Papilein", miaute ich leise.
„Unser Leben hat Gezeiten. Das habe ich durch dich jetzt gelernt. Es hat Ebbe und Flut. Wellen in verschiedenen Höhen.
Manche berühren einen zart, andere können uns verschlingen.
Vielleicht ist das Leiden der Preis, den man für Wahrheit und Liebe bezahlen muss."
Ob es wohl verschiedene Arten von Liebe gibt, dieser brennende Schatten, der unser Herz jagen lässt, dazu gehört?
Eines wurde mir in dieser Nacht bewusst.

Dass ich dieses Geheimnis eines Tages lüften würde.
Für immer werde ich das Bild meines Vaters in meinem Herzen tragen und ihn eines Tages wiedersehen.

Der Rest dieses Dramas ist schnell erzählt.
Maui, meine Mami, weigerte sich inständig die Realität zu akzeptieren.
„Mein Liebster kann nicht fort sein für immer und ewig", murmelte sie ständig vor sich hin.
Dabei flackerten ihre Augen und ihre Blicke suchten wie Laserstrahlen jede Ecke ab.
Mo Lee war, obwohl er sie wirklich liebte, doch ein Casanova gewesen, der den Reizen der Kätzinnen, die in unserer Gegend wohnten, nur sehr schwer widerstehen konnte.
Maui wusste das schon seit langem, hatte diplomatisch beide Augen zugedrückt, wenn er mal wieder tagelang nicht nach Hause kam.

Vermutlich hatten wir bereits mehr Geschwister in unserem Viertel, als wir uns vorstellen konnten, denn seine Wildheit aus jener Zeit, bevor er beim Onkel Doktor war, war nicht zu verachten gewesen.
Meine Mutter hatte ihn so geliebt wie er war.
Mit allen Ecken und Kanten.
Nun schwebte bodenlose Trauer über unserem Haus wie eine riesige dunkle Wolke.

Verlorene Liebe macht anscheinend sehr traurig.
Jetzt, wo ich selber schon ziemlich alt bin, kommt es mir vor, als wäre sie hier auf Erden nicht erfüllbar und nicht zu halten.
Ungefähr so wie ein Regenbogen, der eine Brücke vorgaukelt, dort wo niemals eine sein kann.
Nachts saß Maui immer im Garten.
Das Miauen einer seelisch verletzten Katze kann weiter hinaus in die Welt dringen als das Brüllen eines Löwen und doch nichts bewirken.
Aufmerksame Beobachter hätten sehen können, dass der Tote in uns noch am Leben war und es für immer bleiben würde.
Sollte ich beschreiben, wie ich mich in dieser Zeit gefühlt habe, beschreibt es ein Bild wohl am besten.
Ich fühlte mich als hätte ich die Sterne ermordet, obwohl ich an Vaters Tod nicht schuldig war.
Das Licht, das er für mich gewesen ist, war verlöscht.

„Zi Zi - ich habe einen Entschluss gefasst", verkündete mir meine Mutter eines Tages.
„Ich kann nicht länger hier bleiben. Jede Ecke erinnert mich an deinen Vater. Das kann ich nicht ertragen. Vor kurzem habe ich eine alte Frau kennen gelernt, die schrecklich einsam ist, genau wie ich, und ganz allein in einem Haus mit Garten

oben auf dem Berg wohnt. Sie hat mich gerne und ich möchte mich mit ihr zusammentun."
Sie hat wohl gleich bemerkt wie heftig mich ihre Worte erschütterten.
„Keine Angst mein Kind, du bist bei Leilani gut aufgehoben, dein Schwesterchen ist auch nicht weit, und ich komme dich ab und zu besuchen."
Und so verschwand auch meine Mutter aus meinem Leben.
Jetzt war ich allein mit meinem Frauchen.

Tagelang dauerte es noch, bis alle Tränen geweint waren, und ich hätte ihr gerne gesagt, dass Maui nur ausgezogen war.
Weil das nicht möglich war, blieb mir gar nichts anderes übrig, als sie mit Schmusereien zu überschütten, solange bis die letzte Flasche Wein getrunken und sie und das Leben wieder normal wurden.

Penny und Lani waren die ganze Zeit so mit sich selbst beschäftigt, dass ihnen das Verschwinden unserer Eltern komplett entgangen war.
Ein Glück, das ich den Beiden von Herzen gönnte, denn meines das war schrecklich schwer.

Menschenglück ist nie von Dauer

Dasselbe gilt auch für das Unglück.
Eines Morgens wacht man auf, selbst in der dunkelsten Zeit des Jahres, und wird von einer neuen Welt überrascht, wie man sie zuvor nie gesehen hat.
Dicke Wattebäusche fielen vom Himmel.
Draußen war alles wie von weißem Puder bestreut.
Alles, was kurz zuvor noch Feuchtigkeit, Kälte und grauer Nebel gewesen war, erstrahlte plötzlich in funkelndem Weiß.
Der Himmel war blau und die Sonnenstrahlen verwandelten die weiße Decke in ein riesiges Geschmeide aus Brillanten.
Fast sah es so aus, als wäre dieser Mantel mit all den Sternen des Universums bestickt.

 Auch Leilani konnte sich diesem Zauber nicht entziehen.
Es war das erste Mal nach all den Tagen der Trauer, dass ich sie wieder lachen sah.
„Juhu, Zi Zi", frohlockte sie „schau mal, der Winter ist da. Was da draußen liegt ist Schnee. Komm, ich mach dir die Tür auf, da musst du mal raus gehen, weil du das noch nicht kennst."
Und sie setzte mich in dieses flauschige, unbekannte Etwas hinein und lachte sich fast kaputt, mir dabei zuzusehen, wie ich durch diesen

Schnee tobte, und dieser dabei wie Mehl in die Höhe stob.
Dieser Schnee hatte für mich fast etwas Heiliges.
Dauernd veränderte er seine Form.
Mal waren es wunderschöne kalte Kristalle, dann auf dem Fell plötzlich nasse Tropfen.
Ich war begeistert.
Auch die Bäume trugen weiße Mäntel und sahen darin, wie mit Zucker übergossen aus.
Es war stiller als an anderen Tagen, irgendwie gedämpfter und es roch sauberer.

Penny und Lani waren ebenfalls kräftig zugange.
Auf keinen Fall sollte es in diesem neuen weißen Raum zu Missverständnissen kommen.
Bäume, Büsche, ja überhaupt das gesamte Revier musste sofort neu markiert werden.
Und so pinkelten die zwei, was das Zeug hielt.
Schon nach einiger Zeit sah es aus, als sei die gesamte Wohnanlage mit gelben Perlenketten verschnürt.
Das sah hübsch aus, muss ich neidlos zugeben.

Mein Frauchen rubbelte mich trocken, als ich wieder zu Hause war.
„Komm mein Schatz", gurrte sie „du kleine Mutzi-Putzi, so, die Mama macht dich schön trocken,

damit du nicht krank wirst, mein Wurzel-Purzel. Na, war das schön?"
Und wie schön das war.
Ich schnurrte wie ein betrunkener Tiger.
Endlich hatte das Leben uns wieder zurück, und das Fiederallalla-Feeling machte sich wieder breit.
Leilani aktivierte wie immer bei solchen Gelegenheiten ihren großen Altar, entzündete die Kerzen, die darauf standen, stellte frisches Wasser dazu, machte Feuer in der Räucherschale und legte kleine Steinchen darauf, die sich in duftenden Rauch verwandelten.
Dazu sang sie, was ich besonders mochte.

> Heiliger Rauch, ziehe
> Gen Osten, wo die Sonne aufgeht
> Gen Norden, wo die Kälte herkommt
> Gen Süden, wo das Licht herströmt
> Gen Westen, wo die Sonne untergeht
> Zu Vater Sonne und Mutter Erde
> Wir danken dir für unser Leben
> Unsere Nahrung, unsere Kleidung
> Für Lachen, Gesundheit und Liebe
> Danke, Großer Geist
> Zi Zi und Leilani

Die nächsten Tage waren vollgepackt mit allerlei Tätigkeiten.

Leilani schien mir von einem gewissen Backzwang befallen zu sein.
Stundenlang werkelte sie in der Küche herum, rührte, schnipselte und knetete Teige was das Zeug hielt und fand es leider gar nicht lustig, wenn ich auf der ausgerollten Masse herumspazierte.
Dabei fühlte sich dieses Mehlgebilde so gut zwischen den Zehen an.
Meine Pfoten schmeckten köstlich, wenn ich sie putzte, nachdem mein Frauchen mich kreischend vom Teig entfernt hatte.
Kaum waren diese kleinen, bleichen Gebilde, die sie mit Förmchen ausgestochen hatte, auf dem Backblech gelandet und im Ofen verstaut, entwickelten sie einen göttlichen Duft.
Sie wurden braun und hießen jetzt Plätzchen.
„Schau mal, Süße", lockte sie mich herbei, als das erste Blech aus dem Ofen kam. Sie ließ mich daran schnuppern.
„Das sind Weihnachtsplätzchen. Die müssen jetzt abkühlen und dann werden sie mit rosa Zuckerguss glasiert. Wenn du ganz brav bist, bekommst du eins davon."

Plätzchen backen finde ich echt prima. Ist auf jeden Fall tausendmal besser, als der Schwere der Trauer Tür und Tor offen zu halten.
Zum Glück liegt es ja immer an uns selbst, wohin wir unsere Energie lenken. So frei sind wir.

Suchen wir nach den Glücksmomenten eines Tages oder nach den Traurigen?
Wir haben auf jeden Fall die freie Wahl.

Abends, bevor ich einschlafe, frage ich mich immer, was habe ich denn heute Schönes erlebt?
Heute kann ich sagen, ich habe mit Leilani Plätzchen gebacken, Teig gemampft, Himbeerglasur aufgeschleckt und ein ganzes Plätzchen, in Milch getaucht, von ihr geschenkt bekommen. Das war der reinste Glücksberg.

Euch Menschen fällt es, wie mir scheint, leichter, eure Gedanken auf unangenehme Dinge zu richten, als auf Sachen, die euch erfreuen.
Das soll mal ,ne Katze verstehen.
Wie ich darauf komme?
Na, wegen dem Radio.

Mein Frauchen schaltet zum Backen immer ihr Radio ein und singt und pfeift die Liedchen, die sie kennt, mit.
Das klingt meistens gar nicht so schlecht.
Aber gestern, da haben die da so ein Lied gespielt, von dem ich den Text richtig doof fand.

Unsere Katze
Dieses dusselige Vieh
Hat, man glaubt es kaum
Ne Katzenhaarallergie
Deshalb habe ich sie
Von Kopf bis Fuß rasiert
Und jetzt sagt sie, dass sie friert.

Der Text ging noch ewig lang weiter, doch das möchte ich euch ersparen. Viel schöner finde ich die ganzen Weihnachtslieder, die aus dem Radio erklingen.

Wenn ich dann aus der warmen duftenden Küche hinaus schaue und sehe wie die weißen Schneeflocken zur Erde taumeln, beginnt mein Herz zu lächeln, es ist nicht schwer, beim Plätzchenbacken das Leben mit all seinen Dingen leichter zu nehmen.
Heiterkeit und Freude machen sich in mir breit.
Egal, wie kalt es draußen ist – Plätzchen backen bringt sogar Herzeis zum schmelzen.
Jetzt träume ich jede Nacht davon, dass die Welt sich in eine große Plätzchenbäckerei verwandeln wird, und aus all den geschmolzenen Herzen ein wunderschöner See wird, auf dem man im Winter Schlittschuhlaufen und im Sommer baden kann,

Sobald wir mit dem Plätzchenbacken fertig waren, begann die nächste Aktion.
Mein Frauchen putzte die ganze Wohnung auf Hochglanz, wusch die Vorhänge und auch die Teppiche, die auf den Holzböden lagen.
Sie schmückte die Fenster mit goldenen Sternen und stellte überall Pflanzen, die Christsterne heißen auf, die mir mit ihren großen roten Blüten außerordentlich gut gefielen.
Rot ist meine Lieblingsfarbe.
Soviel Rot und Grün auf einem Haufen hatte ich noch nie gesehen.
Anscheinend wachsen diese Blumensterne nur in Töpfen.
Doch das macht mir nichts aus.
Sollen sie doch wachsen wo sie wollen.
Hauptsache sie wachsen überhaupt.
Mir gefallen sie auf jeden Fall besser als Rosen.
Auch kleine goldene Engel hatte Leilani überall platziert, die mich nun aus allen Ecken der Wohnung lieblich angrinsten.

Das Weihnachten etwas Besonderes ist begriff ich schnell.
Draußen auf der Straße kam ich aus dem Staunen nicht mehr heraus.
All die Häuser, die sonst eher hässlich sind, waren mit Tausenden von Lichtern herausgeputzt und sahen jetzt aus wie prachtvolle Paläste.

In den Gärten davor waren die Bäume geschmückt mit elektrischen Kerzen in allen Farben, versuchten sich gegenseitig zu übertrumpfen.
Hei – ich bin das schönste Haus- Nein – ich bin der schönste Garten, und es war wahrhaft schwierig einen ersten Preis zu vergeben.

Auf der anderen Seite des Flusses gab es ein Haus von dessen Balkonen eine Lichterkaskade strömte, wie ein mächtiger Wasserfall.
Darüber am Giebel des Hauses leuchtete ein großer Stern mit einem langen Schweif.
Dieses Haus gefiel mir am besten.
Vor allem dieser putzige alte Mann mit seinem langen weißen Bart in dem schönen roten Kostüm, der an der Hauswand emporkletterte und einen prall gefüllten Sack über seiner Schulter trug, war mein Favorit.
Damals habe ich noch nicht gewusst, dass das der Weihnachtsmann ist.
Damals war ich mir nicht sicher, ob er etwas brachte oder ein Dieb war.
Doch das war mir egal.
Für was ich ihn am meisten bewunderte, war dieses schöne weiße Fell, das aus seinem Gesicht heraus wuchs.
Es war so gepflegt und reichte bis zu seinem Bauch hinab.

Wie gern hätte ich mich dort hinein gekuschelt und mit diesen Haaren gespielt.
Doch ich traute mich nicht über den zugefrorenen Fluss, auf dem am Abend Kinder Eishockey spielten.
Außerdem war der Schnee jetzt viel zu hoch und ich war schon einmal so tief darin versunken, dass man nur noch meine Ohren und die Schwanzspitze sehen konnte.

In unserem Viertel gab es nicht ein einziges Haus, ein Fenster oder einen Garten, die nicht in Festlichkeit erstrahlten.
Das musste doch etwas bedeuten.
Erwarteten wir etwa hohen Besuch?
Etwa einen König oder eine Königin?
Schön macht man sich's doch nur, wenn man jemanden gefallen will.
Oder etwa nicht???

Leilani machte tagelang nichts anderes als schöne Päckchen. Sie wickelte all die verschiedenen Dinge, die sich auf den Tischen türmten, in schönes buntes Papier und band goldene Schleifen darum.
Das sah wirklich schön aus.
Auch ich bekam eine rote Schleife um den Hals drapiert und war mächtig stolz darauf.

Konnte ich mir doch sicher sein, dass sie mich, obwohl ich jetzt auch beschleift war, nicht verschenken wollte.
Nie würde mein Frauchen sich von mir trennen.
Schließlich hatte sie nur mich.

 Für den sogenannten Heiligen Abend hatte uns Linda zum Dinner eingeladen.
Da mein Frauchen mich nicht allein zu Hause zurücklassen wollte, durfte ich mit.
Weihnachten seid ihr Menschen sentimental.
Das habe ich inzwischen gelernt, obwohl es dafür eigentlich keinen Grund gibt.
Wo doch das Jesulein an diesem Tag geboren ist, wie ich später herausfand.
Ist das nicht ein Anlass der Freude?
Mir hatte Leilani zur Feier des Tages neben der roten Schleife auch noch ein kleines Glöckchen um den Hals gebunden, das mich gewaltig nervte.
Dieses nervige Gebimmele vergaß ich gleich, als ich den prachtvoll geschmückten Baum sah, der bei den Nachbarn mitten im Wohnzimmer stand.

 Es war ein Tannenbaum, dessen Spitze bis zur Decke reichte.
Daran hingen glänzende rote Kugeln, Süßigkeiten und silbrige Fäden.

An seinen Ästen brannten viele Kerzen, die köstlich nach Honig dufteten.
Der ganze Baum erstrahlte in deren Licht und schimmerte so schön wie unsere Augen.
Lani und Penny kuschelten auf der Couch.
Weil heute Weihnachten war, durfte ich mich zur Feier des Tages neben sie legen.
Unter dem Baum stapelten sich viele Geschenke.
Durch die Räume zog ein besonderes Aroma.
Das war der Karpfen, wie ich später herausfand.
Noch immer läuft mir das Wasser im Mund zusammen, wenn ich an ihn denke.
Es gibt kaum etwas, was ich nicht tun würde um diesen überirdischen Geschmack eines jungen Karpfens nach dem Rezept von Linda auf meiner Zunge noch einmal zu erleben.
Seitdem ist Linda meine Zuckerkarpfenkönigin.

Nicht nur für sich und ihre Gäste hatte sie die Festtafel gedeckt.
Nein, auch für uns Miezen war gesorgt.
Wir wurden nicht vergessen.
Schließlich reichen zwei Karpfen locker für drei Menschen und drei Katzen.
Vor allem, weil ihr armen Menschen dazu auch noch Stampfkartoffeln, Senfbutter und Feldsalat essen müsst.
Uns reicht das zarte Karpfenfleisch mit ein bisschen Butter daran.

Stellt man uns zum Nachtisch noch ein Schälchen mit Sahne hin, sind wir im Schlaraffenland.
Dann sind wir rundum glücklich, kann man sagen.
Besser geht's nicht.
Es geht doch nichts über frischen Fisch mmmhhhh!!!

Nach dem Essen gab es dann die Bescherung.
Die vielen Päckchen wurden ausgepackt.
Als mein Frauchen mein Schwesterchen den Nachbarn zu Weihnachten schenkte, fingen alle an zu weinen.
Jetzt mal im Ernst – wie soll man als Katze euch Menschen verstehen?
Lani war ein Geschenk.
Dabei hatte sie noch nicht mal eine Schleife um den Hals.
War sie jetzt mit Penny verlobt?

Ansonsten haben sich Leilani und die Nachbarn gegenseitig Bücher geschenkt, obwohl sie schon so viele davon hatten.
Diese Dämonie des geschriebenen Wortes auf weißem Papier, der ihr Menschen komplett verfallen seid, enträtselt sich mir bestimmt nie.
Zum Beispiel Leilani:
Schon beim Frühstück hält sie sich schön knisterndes buntes Papier vor die Nase und

versinkt abends immer in dünnen und dicken Büchern.
Manchmal schien sie mir in einigen von ihnen richtig gefangen zu sein.
Dann tanzen gedruckte Worte über die Wiese ihres Lebens und machen sie nicht müde.
Den ganzen Weihnachtsabend ließen es sich die Menschen schmecken, tranken Bubbelwasserwein und zum Schluss sogar etwas stark Riechendes und wurden dabei immer lustiger.

Jo zündete sich eine dicke Zigarre an und erzählte, wie Penny vom Himmel in ihr Leben gefallen war.
„Es war an einem Freitagabend", begann er zu erzählen.
„Ich lag mit Schneckchen(einer Katze, die täglich zu Besuch kam) oben auf der Liege und schaute fern.
Es regnete in Strömen an diesem Tag.
Auf einmal krachte es auf dem kleinen Balkon.
Ja, man kann sagen, es gab einen gewaltigen Tusch und rumpelte wie ein Donner.
Schneckchen erschrak sich zu Tode, kreischte wie am Spieß und jagte davon.
Als ich gleich darauf nachsah, entdeckte ich einen ganz dünnen langbeinigen Kater, der soeben vom Dach gefallen war.
Kaum hatte ich die Balkontür für ihn geöffnet, lief er ins Zimmer und schaute sich alles an.

Am meisten schienen ihm meine Bücher zu gefallen.
Mutig wie Luis Trenker erklomm er die Bücherregale, sah sich die Buchrücken an und beschnüffelte sie voller Interesse.
Danach entdeckte er Schneckchens Futterschälchen und ließ es sich schmecken.
Katzenfutter gibt es bei uns immer.
Wir lieben Katzen, und Katzen aus der Nachbarschaft besuchen uns so oft es geht.
Kaum war er satt, inspizierte er den Rest unserer Wohnung, wollte rausgelassen werden.
Seit diesem Zeitpunkt unserer ersten Begegnung lief dieses klapperdünne Tier immer auf dem Dach und auf der Balustrade der Treppe herum, ließ sich das Futter und die Katzenmilch, die wir täglich für ihn aufstellten, schmecken.
Langsam nahm er zu, wurde immer schöner.
Linda hatte ohnehin längst ein Auge auf ihn geworfen und ihn Penny getauft.
Ein Name, der ihm sehr zu gefallen schien, weil er sofort auf ihn hörte. Als dann seine Besitzer in einer Nacht- und Nebelaktion auszogen, haben sie ihn zu unserem und seinem Glück ausgesetzt.
Endlich konnte er bei uns einziehen, unser geliebter Kater sein."

Nach diesen Worten paffte er dicke Rauchkringel in die Luft, strahlte glückselig in die Runde.

„Ja und jetzt haben sich Lani und er gefunden. Das ist mehr Glück für ihn und uns, als man sich vorstellen kann", seufzte Linda.
„Du glaubst gar nicht, wie schön es ist, den Beiden beim Schmusen zuzuschauen."

Leilani nickte mitfühlend, schaute mich beschwörend an.
„Katzen sind eben verschieden. Manche brauchen Menschen, andere Katzen, Zi Zi Peh ist eine Einzelkatze, sie braucht nur mich."
Zärtlich nahm sie mich auf ihren Arm und meinte:
„Sag schön ‚Fröhliche Weihnachten', wir gehen jetzt nach Hause."

Potzblitz und zugenäht und dreimal schwarzer Kater mir schlottern noch immer die Pfoten und meine Zähne klappern wie Kastagnetten, wenn ich daran denke, was ich in der zum Glück vergangenen Nacht erlebt habe.
Ihr Zweibeiner veranstaltet oft die verflixtesten Dinge, ohne auch nur einen einzigen Gedanken an uns Mitbewohner zu verschwenden.

Ich habe den Weltuntergang erlebt, und das an einem Tag, der ganz normal begonnen hatte.
Der Himmel erstrahlte im herrlichsten Blau schon am frühen Morgen.
Licht und Luft waren klar wie mein Geist.
Noch vor dem Frühstück spielte ich mit der roten Christbaumkugel, die Linda mir netterweise zum Abschied geschenkt hatte und ließ diese durch die ganze Wohnung kullern.
Leilani schlief heute etwas länger, doch das störte mich nicht, ich selbst war noch ganz schön vollgefressen.
Dass ihr Menschen an Feiertagen anders funktioniert, hatte ich zu diesem Zeitpunkt schon gelernt.
„Heute ist Silvester, Mutzi-Putzi", jauchzte mein Frauchen, sobald sie wach geworden war.
„Weißt du was das heißt, kleine Maus?
Heute ist der letzte Tag im alten Jahr und morgen beginnt ein komplett Neues."

Was immer das auch heißen mochte, spielte für mich keine Rolle.
Auf jeden Fall hatte sie aus diesem Grund gute Laune und das gefiel mir sehr.
„Heute Abend werden wir lecker essen", versprach sie mir „und es uns richtig gemütlich machen. Hoffentlich kommt was Vernünftiges im Fernsehen."

Was nun die Leckereien betraf, gab es wahrhaft keinen Grund sich zu beschweren.
Geräucherter Lachs, Scampi in köstlicher Sahnesoße oder Shrimps in Curry, all das schmeckte mir wirklich hervorragend und war neu für mich.
Nie wäre ich auf die Idee gekommen, dass das wohl eine Henkersmahlzeit für mich sein sollte.

Es war schon spät in dieser Nacht, als das letzte Stündlein zu schlagen begann.
Zuerst waren es nur einzelne Böller, die signalisierten, dass Gefahr in Verzug war.
Dann schossen plötzlich von allen Seiten Raketen in die Luft, die in Tausende von bunten Sternen explodierten.
Die Glocken vom großen Weckerhaus bimmelten wie verrückt, und ich stürzte aus der Wohnung hinaus und versteckte mich zitternd unter der Terrasse im Nachbarhaus.

Das waren keine Flohbisse der Furcht, die mich dort quälten – nein – das waren ausgewachsene Angstattacken, die mich schüttelten.
War das nun Krieg oder gar das Ende der Welt?
Die Luft war geschwängert von Schwefelgestank.
Das musste der Atem der Hölle sein.
Der Himmel und die Erde brannten und ich gelobte, wenn ich dieses Desaster überlebte, für immer und ewig eine brave Katze zu sein.

Die Zeit, bis dieses Geballere endlich verebbte, dauerte ewig.
Ich kann gar nicht sagen, wie froh ich war, als die Irrlichter dieser Nacht endlich zerstoben.
Erst jetzt hörte ich die Stimme meines Frauchens, die durch den Garten lief und nach mir suchte, doch aus meinem sicheren Versteck traute ich mich nicht hinaus.
Also ließ ich sie warten.
Schließlich hätte sie mich vor dem Horror ja warnen können.
Euer blödes Silvester könnt ihr Menschen euch auf jeden Fall gerne an den Hut stecken.
Punkt!!!

Lani, meine süße Schwester, hatte noch tagelang eine weiße Nase.

Sie hatte sich im Schlafzimmer ihres Frauchens in deren Schrank in der hintersten Ecke versteckt und geglaubt, sie müsse jetzt sterben.
Noch nicht einmal Penny, ihr Liebster, konnte sie vom Gegenteil überzeugen.
„Komm raus, meine Süße", lockte er sie stundenlang „diesen Zirkus veranstalten die Zweibeiner jedes Jahr. Gott sei Dank nur einmal. Mehr würden meine Nerven auch nicht ertragen. Die wollen mit diesem Krach, den Blitzen und dem fürchterlichen Gestank irgendwelche bösen Geister vertreiben und verwandeln sich dabei selbst in zornige Dämonen.
So manch einen Vogel trifft vor Schreck der Schlag und ich habe auch schon Häuser brennen sehen.
All dieser Schmarr'n passiert zum Schutz des neuen Jahres, weil das bei seiner Geburt ja noch ein Baby ist, das sich selbst noch nicht helfen kann."
Die Babygeschichte hat meiner Schwester eingeleuchtet.
Sie traute sich wieder ans Licht.

 Jetzt war also ein neues Jahr geboren.
Was immer das heißen mochte.
Leilani, mein Frauchen, legte sich gleich am frühen Morgen ihr Göttinnenorakel und schien damit zufrieden zu sein.

Anscheinend konnte sie in diesen Karten sehen, wie das neue Jahr für sie werden würde.
Wo hat es sich bloß versteckt, dieses neue Jahr?
Schnell schaute ich aus dem Fenster hinaus, ob heute anstatt einer vielleicht zwei Sonnen aufgegangen waren.
Das wäre zwar verwirrend, doch auf jeden Fall etwas Neues.
Wäre doch lustig, wenn es bei jedem neuen Jahr eine Sonne mehr geben würde.
Zu meiner Enttäuschung hatte sich am Einsonnensystem nichts geändert.
Mutterseelenallein strahlte sie vom Himmel herab, und auch dieser war immer noch blau und die Wolken weiß bis rosig.
Wenigstens ein paar Regenbögen hätte das neue Jahr dekorieren können, doch so viel Mühe waren wir ihm anscheinend nicht wert.

Oder hatten die Menschen das neue Jahr etwa genauso verschreckt wie mich und all die anderen Tiere und Pflanzen?
Vielleicht ist es auch davongelaufen und kommt erst ein bisschen später zurück, so wie ich und Lani.
Wer konnte das schon sagen, wie es werden würde, dieses neue Jahr.
Ich wusste es auf jeden Fall nicht.
Auch die nächsten Tage waren nicht sehr rosig.

Die Sonne hatte wohl beschlossen hinter den Wolken herumzutrödeln.
Dabei ist es doch völlig klar, dass die Welt ohne Sonne an Schönheit verliert.

Penny und Lani schlurften missmutig durch den Garten, schüttelten angewidert den matschigen grauen Schnee von ihren Pfoten und grummelten vor sich hin.
Zum ersten Mal fiel mir auf, dass Penny schielte.
Das sah, wie ich fand, entzückend aus.
Vielleicht saß der Geist eines Schmetterlings auf seiner Nasenspitze und verdrehte ihm die Augen.

Was mein Frauchen betrifft, kann ich nur sagen, dass sie ein Herz mit Ohren ist.
Obwohl ich mich bemühte, meinen Silvesterschock alleine zu bewältigen, nicht jaulte und nicht klagte, schien sie das Jammern meiner Seele doch zu vernehmen.
Sie nahm sich soviel Zeit für mich, kuschelte mit mir auf dem Sofa, kraulte meinen Bauch mit kreisförmigen Bewegungen und sang mir leise die schönsten Namen ins Ohr.
Miezi-Mausi, Schnuppi-Puppi, Schnuzi-Muzi, Schnazi-Wazi, Hasibärli und vieles mehr.
Diese Koseworte rieselten wie Sahnetropfen über mein Fell und ich spreizte all meine vier Pfoten lustvoll von mir weg.

Welch Schnurren, Dehnen und Wohlgefühl das war, ist unbeschreiblich.
Mein Frauchen ist eine Katzenmasseuse erster Klasse, einfach begnadet.
Manchmal gab es Momente, die mich regelrecht in Trance versetzten.
Dann schmolz ich dahin wie Butter in der Sonne, schnurrte so laut, dass die Entspannungsmusik, die sie aufgelegt hatte, nicht mehr zu hören war.
Dabei lugte meine hellrosa Zungenspitze spitzbübisch aus meinem Maul, was wohl ziemlich bescheuert aussehen musste.
Doch bei uns Miezen ist das der Ausdruck höchster Ekstase.
Sozusagen der Oskar für den besten Katzenstreichler.
Meine Preise bekommt auf jeden Fall Leilani.

Eisiger Wind, Regen und Schneematsch ohne Ende gingen mir langsam auf die Nerven.
An manchen Tagen fielen die Wolken vom Himmel und machten alles grau und undurchsichtig.
Beinahe wäre mir entgangen, dass ein Nachbar von uns ausgezogen ist.
In dem Haus, in dem Leilani und ich wohnen, gibt es vier Wohnungen.
Die Wohnung, aus der jetzt ausgezogen wurde, war genau neben der unsrigen.

Der junge Mann, der darin gewohnt hatte, war so unauffällig, dass man immer zweimal hinschauen musste, um heraus zu finden, ob es ihn wirklich gab.
Tagsüber schien er zu schlafen, erwachte nur in der Nacht.
Seit ich hier wohne habe ich ihn tagsüber nur einmal gesehen und bin mächtig erschrocken, weil er so bleich und gläsern war.
Außerdem roch er ein bisschen komisch, hatte dunkle Augenringe und trug nur schwarz.
Meist waren seine Fenster geschlossen, doch wenn er sie versehentlich einmal öffnete, drang eine Wolke von Rauch hervor, der mit dem Gestank von Zigarren und Zigaretten nicht zu vergleichen war.
Irgendwie duftete diese Rauchwolke anders.
Einmal hat mich nachts eine Schwade davon voll erwischt, sodass ich direkt husten musste.
Danach war mir komisch.
Erst hatte ich ein dämliches Grinsen im Gesicht, das ziemlich lange nicht verschwinden wollte, und dann kriegte ich Hunger wie ein Puma.
In unserer Küche machte ich mich sofort über alles her, was nicht niet- und nagelfest verschlossen war.
Und was soll ich sagen – mir schmeckte alles und ich fraß solange, bis mir davon schlecht wurde, und ich alles im hohen Bogen wieder ausspuckte.
Mehr kann ich über den ausgezogenen Nachbarn nicht erzählen.

Er war wie ein Nebel, lebte im Rauch und eines Tages war er verduftet.

Danach stand die Wohnung eine Weile leer, wurde gesäubert, neu gemacht und tagelang gelüftet.
Anscheinend hatte der Nebelnachbar vergessen seinen Müll mitzunehmen, denn drei Männer in orangen Anzügen, Gummihandschuhen und Mundschutz schleppten Berge davon zu einem Container, der jetzt im Garten stand.
Wie mir schien, freuten sich alle Bewohner unseres Hauses, dass dieser neblige Stinker verschwunden war.
Gemeinsam besichtigten wir die Wohnung, nachdem alles darin hergerichtet war und fanden sie wunderschön.
Vor allem eine große Terrasse, die direkt zum Fluss hinaus zeigte, erntete Begeisterung.
Im Sommer musste es dort super gemütlich sein.
„Hoffentlich zieht diesmal jemand Nettes ein", meinten alle.
„Auf gar keinen Fall jemand mit Hund."

Und so war es dann auch.
Kurze Zeit später zog eine junge Frau in die Wohnung, die auf den ersten Blick angenehm wirkte.

Ihr Gesicht war so spitz wie das einer Maus, und sie trug auf dem Kopf wild gelocktes dunkles Fell.
Das Einzige, was in dieses Mausgesicht nicht so recht zu passen schien, waren Raubvogelaugen, die mir Angst machten.
Mit dieser Nachbarin würde ich vorsichtig sein, beschloss ich sofort, um späteren Ärger zu vermeiden.
Wahrscheinlich würde es besser sein, um sie größere Bögen zu ziehen und sie genau zu beobachten.
Von ihrer körperlichen Statur her war sie eher klein.
Auf jeden Fall kleiner als mein Frauchen.
Für meinen Geschmack waren ihre Beine etwas zu kurz und das Hinterteil zu gewaltig.

Und noch etwas war komisch an dieser Frau.
Aus einem ihrer Ohren hing ständig ein dünner Schlauch, und vor ihrem Mund baumelte ein kleines Zweiglein mit einer Knospe vorne dran.
Sah ich sie auf der Straße, redete, lachte oder schimpfte sie vor sich hin und redete mit einem, der nicht zu sehen war.
Wahrscheinlich redete sie Tag und Nacht ohne Punkt und Komma.
Redete sie nicht, klopfte sie mit ihren Fingern auf einem kleinen schwarzen Tablett herum.

Jeder Doktor würde bei so einer durchgedrehten Zweibeinerin vermutlich Verbaldurchfall diagnostizieren.
Aber was soll's – jedem Menschentierchen sein Plaisirchen.

Ausgestattet mit den nötigen Antennen, um auch die feineren Nuancen der Gefühle zu erhaschen, würde ich mit der Zeit bestimmt noch etwas Positives an ihr finden.
Hauptsache, sie brachte den Müll raus zu der Tonne und lebte nicht nur in der Nacht.
Mein Frauchen war neugierig auf die neue Mitbewohnerin.
Das spürte ich sofort.
Für eine Frau ist das normal.
Frauen, die nicht neugierig sind, könnten auch verkleidete Männer sein.

Schließlich, an einem blassen Tag, der nichts Besonderes versprach, klingelte es endlich.
Draußen vor der Tür stand die Kurzbeinige, um sich vorzustellen.
Die Freude, als sie mich sah, war nicht gespielt.
Mein Frauchen bat sie zu einem Tee in die Wohnung.
„Mein Gott, ist die süß", begeisterte sich Rita.
„Wissen Sie, ich liebe Katzen.
Ich selbst habe auch einen ganz tollen Kater.

Nächste Woche, wenn ich fertig eingerichtet bin, hole ich ihn von meiner Mutter.
Er macht dort zurzeit Urlaub.
Bestimmt werden sich die beiden gut verstehen.
Mein Rambo ist ein ganz, ganz Lieber.
Vielleicht könnten wir unsere Katzen gegenseitig sitten, wenn eine von uns mal in den Urlaub fährt."

Leilani verzog ihr Gesicht und lächelte gequält dabei.
Wenn sie etwas hasste, dann von unbekannten Menschen in Beschlag genommen zu werden.
Von ihr konnte man wirklich alles haben.
Wenn man sie allerdings einfach einplante, fielen die Tore ihrer angeborenen Hilfsbereitschaft einfach zu, verklemmten sich und gingen manchmal nie wieder auf.
Die neue Rita schien von dieser Gefahr allerdings nichts zu bemerken.
Ihr Wortschwall kam nur für eine Sekunde zum Stillstand, während sie einen Schluck aus ihrer Teetasse nahm.
Leilanis Lächeln wirkte wie eingebügelt.
Ohnehin kam sie kaum zu Wort.
Einsatzbereit lag ich auf ihrem Schoß, schnurrte nach Leibeskräften, um ihre Spannung aufzulösen und überlegte gerade, was ich anstellen könnte, um die Nachbarin zu vertreiben, als sich das Blatt wendete.

Stolz, wie jede Mutter, kramte sie Fotos aus einem kleinen Täschchen hervor und legte sie auf den Tisch.
Leilanis Interesse daran war nicht zu übersehen.
„Ist das Ihr Kater?", wandte sie sich fragend an die vor Stolz glänzende Frau.
„Der ist ja wunderhübsch.
Wo haben Sie dieses Goldstück gefunden?"
Ritas Wangen leuchteten wie reife Tomaten.
„Ach, wissen Sie – Rambo ist eine Finnische Zwergwaldkatze.
Eine ganz seltene Rassekatze.
Vor zwei Jahren habe ich sie bei einem Züchter gekauft.
Hat mich ne schöne Stange Geld gekostet.
Rambo braucht viel, viel Freiheit.
Deshalb bin ich von der Stadt aufs Land gezogen.
In München hat er mir täglich die gesamte Einrichtung demoliert. Das wird ja jetzt hier wohl besser werden.
Dass er sich durchsetzen kann, sagt ja schon sein Name."

„Schau mal Zi Zi, wen ich da habe", neckte mich mein Frauchen und hielt mir das Foto des Katers vor die Nase.
„Das ist dein neuer Nachbar, mit dem du dann immer spielen kannst. Ist er nicht wunderschön?

Dann hast du auch einen Freund, so wie die Lani und kannst mächtig stolz auf ihn sein.
Da wird sie aber staunen, deine kleine Schwester.
Schau mal, der Rambo ist doch noch schöner als der Penny. Schade, dass du keine Kinder kriegst. Das würde tolle Babys geben."
„Tja", seufzte die Nachbarin.
„Mein Rambo ist leider auch schon kastriert.
Der Gestank seiner Markierungen war in der Wohnung nicht zu ertragen."

Der Kater, der auf diesem Foto abgebildet war, musste ein Ausländer sein. So einen wie ihn hatte ich zuvor noch nie gesehen.
Sein langes weißes Fell erinnerte mich an Schnee, der von silbrigen Streifen durchzogen war.
Seine Ohren waren spitz und verliehen ihm ein keckes Aussehen, schmückten seinen schönen runden Kopf, wie zwei abstehende Antennen.
Auch sein prächtiger Schnurrbart war nicht zu verachten.
Doch am allerschönsten fand ich seinen buschigen Schwanz, den er auf diesem Foto majestätisch in die Höhe hielt.
Was für ein schöner Mann, dachte ich heimlich bei mir und vergaß zu schnurren und beinahe zu atmen.
Und welch schönen Namen er trug.
   Rahm – Bo

Das klang wie Schlagsahne in meinen Ohren.
Endlich war es da – das Abenteuer im neuen Jahr,
nach dem ich mich so sehr gesehnt habe.

Die Hoffnung ist ein Seil auf dem viele Narren tanzen.
So auch ich.
Ich weiß gar nicht mehr, wie oft am Tag ich mich trotz Kälte und klirrendem Schnee zu Ritas Wohnung geschlichen hatte, nur um die Ankunft von Rahm-Bo, dem süßen Sahneschnittchen, nicht zu verpassen.
Jedes Mal starrte ich bis kurz vor dem Gefrierpunkt durch die Fenster der Nachbarin und lockte mit den nettesten Tönen, die ich bei dieser Arschkälte hervorbringen konnte.
Ohne Ergebnis.
Immer, wenn ich schlotternd nach Hause kam, fragte ich mich ernsthaft, ob das noch normal war.
Egal!
Normal sein war ohnehin nur Mangel an Mut.

„Na, ist er schon da", fragte mich meine Schwester jedes Mal, wenn wir uns im Garten trafen.
Natürlich war ich, nachdem ich Rahms Foto gesehen hatte, sofort zu ihr ins Nachbarhaus geeilt, um ihr die Neuigkeit brandheiß zu verkünden.
„Du glaubst nicht, was das für ein Schnuckel ist", schwärmte ich ihr vor.
„Hoffentlich ist er so super wie er ausschaut und entpuppt sich nicht als arroganter Mops oder als Don Pupso", neckte mich meine Schwester daraufhin.

„Was machst du, wenn er ein Macho ist, der nur herumstänkert?"
An so etwas wollte ich gar nicht denken.

Kurze Zeit später, als die Schlagsahne endlich auftauchte, rauschte mir das Blut wie ein Wasserfall durch die Ohren.
Die Realität übertraf die Fotoaufnahme tausendfach.
Mein Gott, war der schön.
Schön und riesig.
Wenn das eine Zwergkatze war, waren die normalen Finnen wohl Riesen.

Weise Katzen planen mit dem Kopf und mit dem Herzen.
Bei mir funktionierte offenbar nur das Herz, denn meine Lebensenergie schaffte es nicht bis zu meinem Kopf.
Wie ein hypnotisiertes Kaninchen saß ich vor der gläsernen Balkontür und starrte ihn an, während er sich auf seinem rosa Seidenkissen reckte und streckte, sich in lasziver Ruhe sein traumhaftes Fell putzte und mich einfach übersah.
Nur zu gerne hätte ich ihm bei seiner Körperpflege geholfen und ihn zu Mus massiert.
Von der Liebe zwischen Weibchen und Männchen hatte ich noch keine Ahnung.

Damals habe ich noch nicht begriffen, dass die Liebe Luft braucht zum Atmen.
Wie ein Baum muss sie sowohl Wurzeln schlagen, als auch frei nach oben wachsen können.
In diesem Punkt des Lebens war Lani mir überlegen.

Kurze Zeit später, als wir uns zum ersten Mal auf freier Wildbahn begegneten, und sich meine Augen vor Begeisterung zu Tennisbällen vergrößerten, stolzierte er hoheitsvoll an mir vorbei.
Sein hoch in die Luft erhobener buschiger Schwanz schien zu verkünden: Ich kann nicht die ganze Welt retten, doch ich kann sie verschönern, allein durch meine Gegenwart.
Und mein süßes wildes Herz schlug doppelt so schnell wie zuvor, verweigerte meinem Kopf die Erkenntnis, dass dieser Rahmstrudel eigentlich ein echter Schnösel war.
Blind geworden waren meine Augen durch den tragischen Regenbogen seiner Schönheit.
Woher hätte ich auch wissen sollen, dass nichts davon übrig bleibt, wenn einem die rosa Brille von der Nase fällt oder sagen wir mal besser, nicht allzu viel.

Meine Begeisterung für diesen Macho war wohl ein tragischer Fall von Liebe auf den ersten Blick.
So eine Art Liebesdelirium.

Heute, nach beinahe zehn Jahren, kann ich über so eine Jugendtorheit nur noch lachen.
Vielmehr, wenn ich ganz ehrlich bin, macht mir diese Art von Gefühlen heute Angst.
Damals allerdings sah ich jedes Mal, wenn er hochnäsig an mir vorbei rauschte, wie eine schielende Muttergottes aus.
Der Liebeswahn, den ich damals durchlebte, war ganz schön sadistisch, weil er mich quälte und elend machte.
Dieser Döspaddel von einem Kater hatte nur Augen für meine Schwester, doch die würdigte ihn keines Blickes, denn ihre Sonne hieß Penny.

Vielleicht war es genau das, was ihn reizte, denn er machte ihr unermüdlich ritterlich den Hof.
Von Penny wurde der Rivale geduldet.
Ein Umstand, der mich wirklich verwunderte.
Penny zuckte noch nicht mal mit der Wimper, solange der Neue seiner Geliebten nicht zu nahe trat.
Das soll man als Katze verstehen.
Warum sind wir nicht alle gleich und haben dieselben Chancen, dachte ich jetzt manchmal im Stillen und begann, Lani für ihr buntes Fell zu beneiden.
Warum Rahm-Bo nicht sah, dass auch ich wunderschön war, konnte ich lange nicht begreifen.
War Lani etwa eine Circe?

Ein Weibchen, das Kater in Schweine verwandelte? Anscheinend nicht.
Denn auch nach einiger Zeit hatte dieser Kater noch Fell und keine Borsten auf dem Leib.
Oder war ich vielleicht ein Unglücksrabe, den die Kater nicht hübsch fanden?
Auf jeden Fall habe ich dieses Ding mit dem Verlieben schließlich zu den ungelösten Rätseln des Universums verbucht, und das war gut so.

In jenem Monat, den ihr Menschen Februar nennt, gingen die Neuigkeiten im neuen Jahr erst richtig los.
Schon zur frühen Morgenzeit, kaum war die Sonne aufgegangen, begann der schwarze Sprechknochen, von dem ich heute natürlich weiß, dass er Telefon heißt, zu bimmeln und hörte den ganzen Tag nicht mehr auf.
Da mein Frauchen nicht an den Apparat ging, laberte der Anrufbeantworter, der daran hing, ununterbrochen denselben Spruch, bevor die Anderen etwas darauf verewigen konnten.
Alles Liebe zum Geburtstag, Glück, Liebe, Gesundheit und viel Erfolg wünschten alle.
Mir wurde es von dem ewigen Gelabere schon ganz schwindlig.
Leilani hat anscheinend viele Freunde, denn der Postbote brachte viele Päckchen.

Ein anderer Bote hatte Blumen dabei bis keine Vase mehr vorhanden war.
So ein Geburtstag scheint etwas Tolles zu sein.
Leilani ist hauptsächlich eine Pflanzenfresserin, doch in einem der Päckchen, das sie nach dem Frühstück gut gelaunt öffnete, lag neben selbstgemachter Marmelade und Käse auch eine kleine Hirschsalami, an der ein Zettel klebte.
Sie las ihn mir vor und lachte sich dabei fast kaputt.
„Da hör mal zu Zi Zi", kicherte sie.
„Was meine Freundin Viola schreibt. Schickt die mir doch glatt eine Salami und schreibt dazu:
Liebste Leilani – auch die härtesten Vegetarier beißen nicht nur ins Gras. Lass es dir gut schmecken. Hirsch ist gesund."

In einem anderen Päckchen waren lauter gut riechende Sachen, solche, die mein Frauchen im Bad immer brauchte.
Rosarote Tuben und Töpfe und eine schöne Seerose aus Plastik, die sich bei genauerem Hinsehen als Badewannenstöpsel entpuppte.
Auf der Karte, die dabei lag, stand:
Tugend, Einfalt und Jugend – einmal verloren, nicht wieder zu gewinnen.
Um Tugend und Einfalt ist es ja nicht schade, doch die Jugend sollte erhalten bleiben.
Herzlichen Glückwunsch zum Geburtstag
Deine Valeska.

Am süßesten fand ich, dass mich mein Frauchen an den Freuden ihres Geburtstages teilhaben ließ.
Ihr Lachen kam mir vor wie ein silbernes Gequirle, wie der Waldbach aus einem Märchen.
Bis zu diesem Tag hatte ich gar nicht gewusst, dass Leilani so viele Freunde hat.
Nie bringt sie jemanden mit nach Hause.
Hier lebt sie mit mir ganz allein.
Auch darüber, dass sie keinen Mann hat, habe ich nie nachgedacht, und Kinder gibt es auch nicht.
Vermutlich habe ich bei all diesen Gedanken so dusselig drein geschaut, dass sie mir nur kräftig den Kopf wuscheln konnte.
„Ja, meine Süße, jetzt bin ich neunundvierzig.
Ab morgen wird eine neue Seite in der Komödie meines Lebens aufgeschlagen.
Dann geht es weiter.
Mal sehen, was das neue Jahr so bringt.
Nächsten Monat haben du und Lani auch Geburtstag.
Dann werdet ihr zwei schon ein Jahr alt sein.
Das werden wir dann auch schön feiern.
Mein Gott, wie die Zeit vergeht."

Schon vor zwei Wochen hatte ich Leilani mehrfach dabei beobachtet, wie sie sich abends verkleidet hat.
Sobald es an der Tür klingelte, ist sie aus dem Haus gerauscht.

Jedes Mal sah sie dabei völlig anders aus.
Ich hätte sie in ihren Kostümierungen kaum mehr erkannt.
Wahrscheinlich war ihr das Ersatzfell, welches sie sonst jeden Tag trug, langweilig geworden.
Mir gefiel sie gut in dem neuen Aufputz.
Vor allem, weil sie jetzt auf ihrem Kopf immer schöne Felle trug.
Da gab es eines, das richtig schwarz war und lange Zöpfe hatte.
Ein besticktes Band befestigte es am Kopf und war hinten noch mit einer schönen Feder geschmückt.
An dem braunen Kleid, das sie dazu trug, waren viele Fransen, Perlen und Stickereien und auch die bunten Armbänder gefielen mir sehr gut.
Herrlich, wie man mit diesem Zeug schön spielen konnte, weil es sich bei jedem Schritt bewegte.

 Das andere Kostüm, in welches sie ein paar Tage später schlüpfte, gefiel mir noch besser.
Ich konnte mich kaum zurückhalten, als sie das neue Kopffell anprobierte.
An dessen schulterlangem Ende baumelten goldene Metallplättchen, die leise Töne von sich gaben, sobald ich sie mit meiner Pfote berührte.
Dieses schwarze künstliche Fell sah aus wie eine Pyramide auf ihrem Kopf, und ihre dunkel und weiß umrandeten Augen erinnerten mich an etwas, was

lange Zeit zurücklag und wohl im tiefsten Keller meines Bewusstseins verborgen lag.
Das schwarzgoldene Königinnenkleid sah an ihr prächtig aus.
Sie könnte es ruhig öfter tragen.
Den Körper hatte sie sich mit brauner Farbe eingeschmiert und süßes schweres Parfüm darauf gesprüht.
Mir wurde es davon schwindelig, obwohl es wunderbar roch.
Ich bekam weiche Pfoten davon und hätte mich am liebsten bei ihr eingekuschelt, um ins Katzenparadies zu entschweben.
„Na, wie findest du mich als Cleopatra?", fragte sie mich, während sie sich vor dem großen Wandspiegel im Schlafzimmer drehte und wendete.
Ich miaute so freudig wie möglich, um mein Wohlgefallen zu bekunden.

„Meine Freundin Hilde geht heute als Marc Antonius und spielt meinen Liebsten.
Stell dir vor, die wollte sich glatt als Krankenschwester verkleiden.
Das fand ich gar nicht lustig.
Zum Glück konnte ich ihr die Schnapsidee gerade noch ausreden.
Cleopatra und eine Krankenschwester – das schaut doch doof aus.

Weißt du, die Hilde sollte sich immer als Junge verkleiden.
Sie schaut gar nicht aus wie ein Mädel.
Ich habe mir gleich gedacht, dass sie sich in einer Männerrolle wohlfühlen wird.
Der Marc Antonius war doch ein schmucker Kerl.
Denk doch mal an Richard Burton, der war doch nicht schlecht.
Oder?"

Übermütig hob sie mich vom Boden, schmiss mich in die Luft und fing mich mit beiden Händen wieder auf.
Ich kreischte wie am Spieß.
Dieses neue Spiel war aufregend und lustig zugleich.
Leider gab es keine Wiederholung.
Marc Antonius bimmelte an der Tür und Cleopatra entschwand in die Nacht.
Das diese Zeit Fasching heißt, habe ich inzwischen aufgeschnappt.
Wir Katzen sind schließlich nicht blöde.
Jetzt weiß ich Bescheid.
Wenn diese Zeit einmal wiederkommt, verkleide ich mich auch und zwar in einen Tiger.

Im Monat Februar gab es tatsächlich wenig gesichtslose Tage.

Obwohl es immer noch kalt war, auch wenn der Schnee schon zu schmelzen begann, überrascht er mich immer wieder mit neuen Kapriolen.
Anscheinend ist in diesem Monat das Unwahrscheinliche so wahrscheinlich wie das Aufgehen der Sonne.
Und ich lernte, dass jeder Tag ein eigenes kleines Dasein ist.

Eines Morgens, ich war schon sehr früh aufgewacht und hatte mich zur Frühgymnastik in den Garten begeben, geschah etwas Unglaubliches.
Nachdem ich ein paar Runden um unser Haus gejagt war, um meine Lungen zu beatmen und meinen Kreislauf in Schwung zu bringen, entschloss ich mich zu einem kleinen Ausflug.
Um diese Zeit waren wenig Autos und kaum Menschen unterwegs, was die Gefährlichkeit einschränkte.
Was ich an diesem Tag zu sehen bekam, war allerdings die reinste Geisterbahn.

Überall, wohin ich auch schauen konnte waren Unmengen von Zweibeinern, als Schneemänner verkleidet, unterwegs und bevölkerten die Straßen grölend und lachend.

Dauernd tranken sie aus einer Babyflasche, die sie um den Hals gehängt hatten, steckten sich Schnuller in den Mund und prosteten sich zu.
Manche von ihnen hatten lange Pumphosen an, die über ihren buntgestreiften Kniestrümpfen gut zur Geltung kamen.
Darüber trugen sie ein langes Nachthemd und eine Mütze auf dem Kopf, die auf mich komisch wirkte.
Doch was das Höchste war, alles war ganz in Weiß.
Mein Heimatort war anscheinend durchgedreht.
Anders konnte ich mir diese Invasion von Nachtgespenstern nicht erklären.
Die einzige Farbe an diesen Figuren waren ihre Gesichter und die Strümpfe.
Zum Teil sahen sie wahrhaft furchterregend aus, so als säßen ihre Gesichtszüge nicht richtig auf den Knochen.

 Gut versteckt unter unseren Briefkästen konnte mich die wilde Horde zum Glück nicht wahrnehmen.
Übermütig sprangen und tanzten sie auf der Straße, sangen Lieder in einer fremden Sprache.
„Hemadlenz, Hemadlenz, Hemadlenz, heit is der Hemadlenz", tönte es die ganze Zeit.
Was das wohl bedeuten mochte?
Waren das etwa Ketzer oder Glaubensfrevler?
Alle strömten in dieselbe Richtung.

Einige hatten Rasseln und kleine Trommeln dabei und fuhrwerkten damit herum, so als ob sie jemanden vertreiben wollten.
Bei mir haben sie es auf jeden Fall geschafft.
Ich schlich mich heim, froh, wieder zu Hause zu sein.
Dort schmiss ich mich in das noch warme Bett und schmiegte mich an meine liebste Leilani.
Tief und fest lag sie im Schlaf und bekam von dem Wahnsinn, diesem Untreiben draußen, nichts mit.

Rahm-Bo, der Edle, hatte das ganze Spektakel ebenfalls verschlafen.
Mit großer Wahrscheinlichkeit lag er immer noch in seinem rosa Himmelbett und überlegte sich schnurrend, wie er sich an meine Schwester heranmachen könnte, ohne es sich dabei mit Penny zu verderben.
Soll er doch, der blöde Heini.
Ich war ja auf ihn beileibe nicht angewiesen.
So schön war er dann auch wieder nicht.
Dieser doofe Finnische Zwergwaldkater.
Sein Benehmen war ohnehin nicht das Beste.

Unter der Woche, am späten Nachmittag, immer zu selben Zeit, sobald der Nachbar von seiner Arbeit nach Hause kam und frisches Futter für seine

Miezen auf die Teller packte, eilte der Rahm hinüber und fraß ihnen soviel wie möglich weg.
Entweder war er bei sich zu Hause auf Diät gesetzt, oder das Futter bei seinem Frauchen schmeckte ihm nicht.
Diese Fremdschnecke führte sich auf jeden Fall auf, als ob ihm Pennys Revier gehörte.
Ganz schön schnöselig.
Zu Beginn hatte ich mir die strategischen Punkte gesucht, an denen er immer vorbei kam, war fauchend heraus gesprungen, hatte ihm sogar mal eine gewischt.
Da diese Abschreckungsmethoden wenig Erfolg zeigten, gab ich sie wieder auf.

 Penny fing auf jeden Fall niemals Streit mit ihm an, ganz im Gegenteil.
„Sag mal, geht dir der Wuschel nicht auf die Nerven", fragte ich, als ich ihn auf seiner Revierkontrolle einmal traf.
Penny grinste.
„Ach, lass ihn doch.
Was soll so ein Finne von Bayern schon wissen.
Der hat doch sowieso ein Rad ab.
Stell dir vor, jetzt hält er sich sogar schon für einen Hund, rennt meinem Herrchen in der Nacht zum Automaten hinterher, wenn dieser sich wieder eine Schachtel mit diesen ekligen Glimmstängeln holt.
Ich habe das nicht nur einmal gesehen.

Der Bursche geht echt bei Fuß.
Wir können froh sein, dass er nicht auch noch bellt.
Eigentlich ist er ja doch ein ganz netter Kerl.
Die Lani kann ihn auf jeden Fall gut leiden."

Damit musste ich mich wohl zufrieden geben.
Das hieße also, dass ich diplomatischer werden musste, in meinem Umgang mit dem krachigen Finnen.
Diplomatie ist mir schon immer schwer gefallen, weil ich mir nicht sicher bin, ob das nichts anderes als verkappte Feigheit ist.
Ein Feigling möchte ich nicht sein.
Aber was soll's – Penny wünscht Frieden in seinem Revier, also soll er ihn haben.

Tä tä rä tä, heute ist mein Geburtstag und der von meinem Schwesterchen auch.
Wir sind jetzt beide ein Jahr alt geworden.
Das ist ungefähr so, als würdet ihr Menschlein fünfzehn Jahre alt.
Bei Euch heißt diese Zeit TEE-Nager.
Ein Begriff, der mir unerklärlich ist, denn ich habe noch keinen von euch Tee nagen sehen.
Tee wird getrunken.
Leilani macht sich täglich locker zwei Kannen davon.
Einmal habe ich ihn probiert und kann nur sagen, Pfui Deifi.
An dieser lauwarmen Brühe ist doch wirklich nichts dran.
Da ist mir Kakao zehntausendmal lieber.
Vor allem das Sahnehäubchen, das obendrauf immer herumschwimmt, schlecke ich für mein Leben gern.
Zu Ehren unseres Geburtstages fängt heute auch noch der Frühling an.
Die ganze Natur ruft uns ein Willkommen entgegen.
Jetzt tragen die Tage wieder mehr Licht, der Himmel ist hoch, hellblau und leuchtet in Allerweltslieblichkeit.
Die ersten Luftsänger sind auch zurück und singen für uns ihre schönsten Lieder.

Das bilde ich mir heute jedenfalls so ein, obwohl ich natürlich weiß, dass diese Gesänge morgens und abends Lobpreisungen an den Schöpfer sind.
Doch heute gehören sie mir und Lani ganz alleine.
Wenn Leilani gestern Abend nicht mit mir herum gejagt wäre und ständig gescherzt hätte: „Morgen hast du Geburtstag, kleine Maus, dann kommst du in die Flegeljahre" und mir dabei mit einer Angel, an der ein Federbusch befestigt war, vor der Nase herumgewedelt hätte, wäre mir dieser Freudentag komplett entgangen.
Manche Menschen benutzen ihren Kopf ja nur, um ihre Frisur(so wie sie das Fell dort nennen) spazieren zu tragen.
Nicht so mein Frauchen.
Leilani merkt sich einfach alles und vergisst gar nix.
Außerdem hat sie so einen Kalender, in den sie immer alles hinein schreibt.
Nur so zur Sicherheit, falls sie doch mal was vergessen würde.
Aber das nur nebenbei.

Leilani schlief noch, und so konnte ich die ersten Minuten dieses Tages mit mir alleine feiern.
Im großen Spiegel, der von der Decke bis zum Boden reicht, betrachtete ich mich in Ruhe von allen Seiten, um zu sehen, ob sich jetzt nach einem Jahr etwas an mir verändert hatte.
Und ich muss sagen, ich sah ganz passabel aus.

Das Tigermuster in meinem Fell war kräftiger geworden und der weiße Streifen auf meiner linken Wange trat stärker hervor, was mir etwas Indianisches verlieh.
So auch die weißen Striche unter meinen Augen.
Gemeinsam mit meinem Frauchen hatte ich mir kürzlich Winnetou I, II und III angeschaut und kannte mich jetzt aus mit Kriegsbemalungen und solchem Zeug.
Wenn ich jetzt die Augen ein wenig zusammenkniff, schaute mir aus dem Spiegelbild eine echte Winnitöse entgegen.
Also echt nicht schlecht, Frau Specht.

 Leise schlich ich mich aus der Wohnung hinaus.
Die kühle Morgenluft wirkte auf mich wie ein weicher Hammer und macht meinen Kopf hell und klar.
Zu meiner Überraschung traf ich dort auf meine Schwester Lani, die ebenfalls im Garten saß und mit ihren Augen in die aufgehende Sonne hineinblinzelte.
Von Penny weit und breit keine Spur.
„Herzlichen Glückwunsch zum Geburtstag, Zi Zi", schnurrte sie und gab mir ein Küsschen.
„Dasselbe wünsche ich auch dir, liebste Lani."
So saßen wir innig vereint in unserem Garten und freuten uns, dass es uns gab.
Ach, was soll ich sagen.

So ein Geburtstag kann ganz schön anstrengend sein, weil er den ganzen Tag nicht aufhört, und man die ganze Zeit mit einer rosa Schleife um den Hals herum laufen muss.
Zusätzlich bekommt man leckeres Essen serviert, soviel, bis einem schlecht davon wird.
Irgendwie habe ich das dumpfe Gefühl, dass Schlagsahne und geräucherter Lachs kurz nacheinander genossen, eine fatale Wirkung erzeugen.
Pupsen ist ein indiskretes Geräusch, das sich leider nicht vermeiden lässt, wenn der Bauch zu voll ist.
Zu meinem Glück ging es meiner Schwester genauso und so pupsten wir beide im Duett, was sehr zur Erheiterung unserer Menschen beigetragen hat.
Penny, ganz Gentleman, schien von all dem nichts zu bemerken.
Seine Liebe zu Lani war wie das Verlangen einer Biene nach dem Blütenstaub, auch wenn dieser momentan ein wenig stank.
Die Herzen dieser beiden waren wie das Zentrum der Welt.
Das konnte selbst einem Blindi, wie dem Rahm-Bo nicht verborgen bleiben.

Auf jeden Fall zwitscherten die Vögel heute den ganzen Tag so laut, als wollten sie sich über uns lustig machen.

Ein Spaß, der einem von ihnen bald vergehen sollte, da sich der genervte Rahm einen von ihnen schnappte und ihn sich unter einem Busch versteckt richtig schmecken ließ.
Vögel sind in unserem Revier den Menschen heilig.
„Jo – schnell, unternimm was. Dieses Untier frisst einen Vogel", kreischte Linda entsetzt.
Wie ein Blitz jagte ihr Mann aus seinem Sessel empor und ergriff den Gartenschlauch, um den Vogelkiller zu verjagen.
Allerdings hielt Rahm-Bo das für ein schönes lustiges Spiel.
Wie ein Rennpferd jagte er durch die Gegend, versteckte sich an den unmöglichsten Stellen, schlich sich von hinten an und zwickte Jo ins Bein.
Der musste darüber so heftig lachen, dass ihm der Schlauch aus seiner Hand entglitt.
Wie eine wild gewordene Schlange wirbelte dieser nun herum, spritzte alle nass und trieb sie schreiend auseinander.
Wie unterschiedlich Menschen doch tönen können.
Hoch und schrill kreischen die einen.
Andere hören sich an wie Kreissägen oder ähneln einer Sirene.
Hätte Jo geahnt, was diese Wassernummer nach sich ziehen würde, hätte er sie sicher niemals eingesetzt.

Der Ringelpietz mit dem Gartenschlauch entpuppte sich als Rahmis Lieblingsspiel und er triezte Pennys Herrchen in den folgenden Jahren jedes Mal so lange, bis er den Gartenschlauch ergriff und ihn mit der Wasserschlange jagte.

Rita, die Kurzbeinige, die am Abend nach Hause kam, schenkte mir und Lani zwei Bällchen und außerdem jedem von uns ein Döschen mit Katzenleckerlies, an die ich in diesem Moment noch nicht einmal denken durfte.
In meinem Magen rumorte es gewaltig.
Unsere Menschen ließen es sich ebenfalls schmecken an diesem Abend und dieses Prosecco-Bubbelwasser floss in Strömen.
Mann, war ich froh, als ich endlich nach Hause durfte.
Der Katzengöttin zum Dank gibt es Geburtstag nur einmal im Jahr.
Mehr davon würde auf die Dauer tödlich sein, sowie das ganze Leben.

Leilani, mein Frauchen, ist leibhaftig kein stillgelegtes Zentrum des Müßiggangs.
Nein – obwohl sie fast immer zu Hause ist, kritzelt sie täglich Zeichen auf weißes Papier, solange, bis ein neues Buch fertig ist.

Der Stapel mit den Kritzi-Kratzi-Blättern wurde immer höher und irgendwann klappte sie die Mappe, in dem das Geschreibsel lagerte, zu, rieb sich die Hände, strahlte und sagte:
„Fertig!!!"
Was das genau bedeutete, wusste ich damals noch nicht.
Jedenfalls nahm sie mich auf den Arm, knuddelte mich kräftig durch und meinte:
„So kleine Maus – jetzt hätten wir es wieder einmal geschafft. Die Arbeit ist fürs erste getan. Weißt du, wir alle sterben früher oder später, doch Geschichten leben weiter. Deshalb schreibe ich, mein Schatz. Auch wenn du und ich nur noch Knochen sein werden, die irgendwann zu Staub zerfallen, werden solche kleinen Geschichten überall auf der Welt noch Kinder zum Lachen und zum Träumen bringen. Ist das nicht schön?"
Was das betraf, konnte ich ihr nur recht geben.
Ich schnurrte zufrieden vor mich hin.
„Und wie findest du meinen Titel? Der Tag, an dem der Beton zu blühen begann. Findest du ihn schön??? Stell dir mal vor, wie wunderbar die Welt sein könnte, in all dieser Blütenpracht. Wie die Bienen sich freuen und wie herrlich es duften würde? In meinem Buch wird das alles wahr."
Zärtlich zwickte ich Leilani in ihr Ohrläppchen und tat so meine Begeisterung kund.

„Morgen fahre ich nach München, Zi Zi Pehli, und treffe meinen Agenten Gustav Drückeberger. Drück mir die Katzenpfote, dass alles klappt, ihm meine Geschichte gefällt. Dann haben wir wieder Geld in unserer Kasse. Du bekommst dann gleich frisches Kronfleisch vom Viktualienmarkt, das magst du doch so gerne Zi Zi lein."
Wo sie recht hat, hat sie recht.
In dieser Nacht konnte ich nicht schlafen, saß lange im Garten und versuchte mir vorzustellen, wie wunderschön diese blühende Betonwelt aussieht.
Dabei betrachtete ich voller Inbrunst die silbernen Punkte im Nadelkissen der Nacht.
Sterne werden mir niemals langweilig werden und blühender Beton schon gar nicht.

                Miau

Grau ist keine Farbe, grau ist ein Zustand, habe ich einen von euch Menschen mal sagen hören.
Und wie schaut es dann mit Rosa aus?
Wenn es wahr ist, dass Rosa für die Liebe steht, frage ich mich
„Was ist bloß los mit dieser Liebe?"
Ist sie ein Gefühl, ein Zustand, eine Halluzination oder alles zusammen?
Und was um Gottes Willen bringt einen weiblichen Menschen dazu, seine gesamte Wohnung in Rosa und Weiß zu gestalten?

Virtuos ist so ein Einrichtungsstil wahrhaftig nicht, obwohl er mich irgendwie fasziniert.
Vielleicht war Rahm-Bo's Frauchen eine Piratin der Liebe, die vor lauter Gier gar nicht bemerkte, dass sie sich mit ihrem Farbenrausch in Wirklichkeit ein Eigentor schoss.
In so einem rosaroten Albtraum konnte es einem nur schlecht werden.
Rausgefunden habe ich dieses Dilemma, als ich mich eines Tages durchs Katzentürchen in Ritas Wohnung eingeschlichen hatte.
Nach Rahm-Bo konnte man förmlich seine Uhr stellen.

Schon am Vormittag, immer zur selben Zeit, machte er sich auf den Weg zu seiner angebeteten Lani und verbrachte dort den Großteil seiner Zeit.
Rita, sein Frauchen, verließ die Wohnung bereits am frühen Morgen, stieg in ihr Auto und brauste davon.

Wahrscheinlich hatte ich am heiligen Tag, dem Tag der Sonne, zu oft mit meinem Frauchen *Tatort* geguckt, weil das Einbrechen in die fremde Wohnung mir gar nicht schwer fiel.
Rahm-Bo's Wohnung war genauso groß wie meine.
Ihre Einrichtung trieb mir allerdings das Fell in die Höhe.
Selbst in der Küche war alles rosa und weiß.

Vom Bad und von der Toilette ganz zu schweigen.
Sogar das Klopapier war rosa mit goldenen Kronen drauf.
Rosarotes Fegefeuer, wohin man nur blickte.
In so einem Feuer, wird jede Katze von allen Sünden, den vergangenen, den gegenwärtigen und auch den zukünftigen gereinigt.
Mit einem Schlag verstand ich, warum Rahm-Bo so ein Spinner war.
Ja, er tat mir fast Leid.
Nur zu gut konnte ich jetzt verstehen, warum er dauernd bei den Nachbarn war und Lani den Hof machte.
Das waren latente Fluchtversuche.
 Keine Sekunde würde ich es in dieser rosaroten Hölle aushalten.
In seinem Futterschälchen sah es ebenso mager aus.
Fünf Stückchen Trockenfutter lagen darin, daneben ein Schälchen mit Wasser.
Bestimmt war der arme Kerl unter seinem buschigen Fell klapperdürr.
Kein Wunder, dass er sich täglich auf das leckere Futter meiner Schwester stürzte und auch dem Penny soviel es ging wegfraß.
Die Diätpläne seines Frauchens hatten einen Gierschlund aus ihm gemacht.
Armer Kerl.

Ich war froh,, als ich aus dieser Kitschbude wieder draußen war.
Lange Zeit saß ich am Fluss und dachte über die Ungerechtigkeit des Lebens nach.
Mit der Zeit floss die Empörung darüber an mir ab, wie das Wasser an einer Ente.

Rahm-Bo und sein Frauchen passten einfach nicht zusammen, denn sie waren wie ungleiche Dinge, die sich nicht arrangieren ließen.
Eine Komposition falscher Töne.
Da mochte der Himmel noch so bilderbuchblau auf die Beiden herunterstrahlen.
Von diesem Moment an hatte ich ihn richtig lieb, diesen schönen finnischen Zwergwaldkater, den sein Frauchen in einer rosa Wolke verhungern ließ.
Und so sang ich ein kleines Lied für ihn, ohne darüber nachzudenken, ob einer dabei zuhörte.
Im Gegenteil war ich sogar froh darüber, denn dass ich singen kann, braucht keiner zu wissen.
Rita war zwar verliebt in ihren Kater, doch diese Verliebtheit war nichts anderes als eine unerhörte Verdünnung echter Liebe.
Wenn ich mir dagegen die hellen, blumigen, duftenden Gefühle betrachtete, die zwischen Penny und Lani blühten, machte mir das unendlich viel Freude.
Dort wurden die Gefühle durch nichts getrübt, durch nichts verdorben.

Wie in einem guten Film konnte ich mir diese Liebe dort betrachten und sie als beinahe unirdische Substanz wahrnehmen.

Das Paradoxe einer Liebe ist gleichermaßen flüchtig wie beständig zu sein.

Sie ist so stark, dass sie durch alles hindurchgeht, alles einnimmt, alles überragt.

In dieser rosa Welt, in der Rahm-Bo zu leben gezwungen war, segelten Wölkchen von Sehnsucht nach dieser Liebeskraft dahin, wie kleine Boote.

Ritas Welt war rosa, voller zuckriger Kringel und Kleckswereien.

Sie war ein rosarotes Glücksungeheuer, denn vieles an ihr war nicht echt.

Glückliche Gefühle, die sie zur Schau stellte, waren aufgetragen wie dicke Schminke.

Von der Struktur eures Körpers her seid ihr Menschen euch ziemlich ähnlich, doch die Wesen, die darin stecken, sind Gott sei Dank verschieden.

In manchen harmlos aussehenden Köpfen steckt in Wirklichkeit ein böser Wolf.

Andere schwimmen in Gefühlsjauche oder springen unaufhörlich von einer Gedankenpfütze in die nächste.

Dann wundern sie sich über den Schmutz, der an ihnen kleben bleibt.

Leilani, mein Frauchen, suchte keinen Kontakt zur neuen Nachbarin.

Doch ihren Kater mochte sie gerne, denn sie trug immer Leckerlies in der Tasche und verwöhnte ihn damit.

Was uns an Rita am wenigsten gefiel, war die Geringschätzung, die ihren Charakter auszeichnete.
Sie schätzte alles gering, außer sich selbst.
Geringschätzung erhöht alles, was ihm niedrig erscheint, doch das schien sie nicht zu begreifen.
Sie glaubte halt etwas Besseres zu sein.
Wahrscheinlich roch es bei uns zu wenig nach Geld, auch wenn sie von uns allen, die hier wohnten, nichts wusste.
Was soll man von Menschen, die sich den Hintern mit gekröntem Papier putzen, schon anderes erwarten?
Rita war pompös, deshalb stand dieses Wort auch auf all ihren Klamotten.
Wo es nach Geld stinkt, geht das Geld hin.
Leilanis Interesse an Rita war sehr schnell abgeperlt, denn für das Geschwätz einer Pompösen interessierte sie sich nicht.
Klatsch und Tratsch brachten Beton nicht zum blühen.
Gefühle, die in Ritas Bauch hockten, waren zum Großteil zottelige Tiere und es war nicht meines Frauchens Aufgabe, diese zu zähmen.
Viel lieber blieb sie mit mir allein, atmete La Fleur de Nuit, diesen anmutigen Duft der Nacht, der ihre

Phantasiewelt erfüllte ein, als in pompöser Penetranz zu ersticken.

Rita kann uns gestohlen bleiben, flüsterte sie mir eines Abends ins Ohr, während sie mir den Bauch kraulte.

Wer will schon einen Garten betreten, wenn schon das Tor in den Angeln quietscht.

Vor einem der größten Fragezeichen ,
das mir jemals begegnet ist, stand der ängstliche Ruf – Wo ist mein Kater?
Penny, wo bist du???
Fragezeichen sind dazu da(auch das hatte ich inzwischen gelernt) um die Umwelt oder jemanden dazu zu zwingen, sich zu rechtfertigen.
Irgendjemand musste doch daran schuld sein, wenn der liebe, zuverlässige Herr des Reviers, plötzlich weder auf Rufen reagierte, noch sich irgendwo blicken ließ.
All die Gefühle, die ich in dieser Aufregung witterte, ja, die ich förmlich roch, die regelrecht auf mich lauerten, machten mich nervös, so dass ich dauernd niesen musste.
Fast schon hysterisch rannten alle herum, durchsuchten jeden Busch, sämtliche Keller und Garagen.
Penny war und blieb verschwunden.
Jo war noch der ruhigste von den Menschen.
„Jetzt beruhigt euch doch endlich", wandte er sich an Leilani und seine Frau.
„Dem Penny ist hundertprozentig nichts passiert. Schaut euch die Lani an. Die liegt völlig entspannt auf ihrem Stuhl und macht sich keine Sorgen. Wahrscheinlich liegt der Süße irgendwo gemütlich und genießt die Sonne."
Erst kam der Abend – Penny war nicht da.
Dann wurde es Nacht.

Die Dunkelheit der Nacht ist wie eine Flut, die über die Welt hereinbricht.
Für euch Menschen muss es noch schlimmer sein als für uns Katzen, weil ihr nachts ja nichts sehen könnt.
Wir vertragen uns mit der Dunkelheit, denn die Zeit, die sie verlangt, ist beschränkt und das wissen wir.
Bewaffnet mit Taschenlampen gingen die Zweibeiner am Isenufer entlang, suchten im Wasser, ob er vielleicht hineingefallen und ertrunken war.
Sie gingen sogar bis auf die Brücke und auf die Hauptstraße, aber auch dort fanden sie nichts.
Auf dem Nachbargrundstück mit seinem Schuppen war die Suche ebenfalls ergebnislos.
Schließlich gaben wir auf.
Wir gingen zurück in die Wohnung, warteten die halbe Nacht, doch es tat sich nichts.
Linda, sein Frauchen war untröstlich in Tränen aufgelöst.
Schließlich begab sie sich zu Bett.

Das Nächste, das wir vernahmen, war ein markerschütternder Freudenschrei.
Minuten später kam sie zurück, Penny fest an ihren Busen gedrückt, euphorische Freudentränen vergießend.
„Stellt euch vor", schluchzte sie glückselig

„ich wollte mich gerade ausziehen, da höre ich plötzlich komische Geräusche aus meinem Kleiderschrank.
Im Zeitlupentempo ging die Schranktür auf und der Schlawiner kam heraus. Schaut ihn euch an – der arme Kerl hat eine ganz dicke Backe. Wahrscheinlich hat er sich am Vormittag mit einem Artgenossen oder mit einem Marder geprügelt und sich dabei einen Biss eingefangen. Darüber war er anscheinend so sauer, dass er sich im Kleiderschrank versteckte, und lieber still vor sich hin litt. Morgen gehen wir gleich zum Onkel Doktor."

Damit war der Frieden wieder hergestellt und das Drama beendet.
Nur mit Lani hatte ich noch ein Hühnchen zu rupfen.
„Warum hast du uns suchen lassen wie die Blöden?", wollte ich von ihr wissen.
„Du wusstest doch, wo er war."
Lani gähnte.
„Was hätte ich denn machen sollen?
Penny hat gesagt, dass er seine Ruhe will, da durfte ich ihn doch nicht verraten. Sorry, Sister. War doch ein spannender Tag, oder etwa nicht?"

Im Laufe der Jahre hatte sich ganz schön viel Wissen in mir aufgeschichtet, doch warum Penny

keine Angst vor dem Tierarzt hatte, fand ich nie heraus.
Penny war ja ständig im Revier unterwegs und kontrollierte es auf fremde Eindringlinge, was ich toll fand.
Dabei fing er sich immer wieder Verletzungen ein.
Seine rechte Gesichtsbacke war besonders anfällig.
Immer wieder fing er sich eine Infektion ein, bekam eine dicke Backe, die dann zu eitern begann.
Im Gegensatz zu mir und allen Katzen, die ich kenne, genießt er es, zum Arzt transportiert zu werden.
Völlig ruhig sitzt er jedes Mal in seinem Körbchen, schaut neugierig durch das Gitter und meutert in keiner Weise.
Ganz im Gegenteil.
Kaum sieht er sein Frauchen mit dem Korb in der Hand, kommt er angelaufen und geht von selbst hinein.
Mehr als einmal habe ich das selbst gesehen und konnte es kaum glauben.
Dass seine Reisefreude etwas mit der wunderhübschen dreifarbigen Katze des Doktors zu tun haben könnte, war ein Ding der Unmöglichkeit.
Oder etwa doch nicht???
Ach Quatsch – Penny liebte Lani und sonst keine.
Die dicke Backe, die er sich diesmal eingefangen hatte, zog sich allerdings etwas länger hin.

Die übliche Spritze, die er bekam, zeigte keine Wirkung.
Normalerweise dauerte das Ding mit der Backe höchstens drei bis vier Tage.
Aber diesmal war es wohl etwas Schlimmeres.
Es wurde und wurde nicht besser und Lani begann sich zu sorgen.
Jedes Mal, wenn der Doktor die Stelle geöffnet hatte, floss stinkender Eiter daraus hervor.
All die Spritzen, die sonst immer halfen, zeigten keinen Erfolg.
Innerhalb kürzester Zeit wuchs die Öffnung wieder zu.
Es bildete sich erneut dieses gelbe Zeug.
Er selbst und auch wir alle begannen darunter zu leiden.
Selbst Lani konnte ihn nicht aufmuntern. Er ging noch nicht einmal in den Garten.
Ganze drei Wochen zog sich das Drama hin.
Seine Menschen brachten ihn täglich zum Arzt, bis dieser endlich die Lösung fand.
Einen letzten Versuch wollte er noch wagen.
Spinnenserum spritzte er in den Maladen.
Glücklicherweise schlug die Behandlung an.
Nach ein paar Tagen war alles vorbei.
Wir konnten aufatmen.

Linda erzählte meinem Frauchen, was der gute Doktor gesagt hatte, denn einen so langwierigen Fall hatte er noch nie gehabt.
Er war sich sicher, dass der Übeltäter niemals eine andere Katze sein konnte, sondern zweifellos ein ausgewachsener Nager mit mächtig viel Gift sein musste.
Wie froh wir waren, als alles überstanden war.
Lani und Penny lagen wieder friedlich schlummernd auf ihrem Lieblingsstuhl im Garten.
Es war dieses sich Nahesein, welches beide am stärksten verband.
Wunderschön !!!
Sie haben sich nicht nur angesehen, diese zwei Schmusekatzen – Nein – sie haben in die gleiche Richtung geschaut.
So war ihre Beziehung, wirklich beneidenswert.
Manchmal musste ich vor Rührung weinen, wenn ich die Beiden so kuscheln sah.
Zum Glück kann das keiner von euch Menschen sehen, denn wir Katzen weinen nach innen.

Penny war in vieler Hinsicht ein sehr geduldiger Kater, der seine Leidenschaft zu zähmen wusste.
Und er war tolerant.
Nicht nur aus dem Verdacht heraus, dass die anderen recht haben könnten.

Seine Toleranz entstand einzig und alleine aus seiner Großzügigkeit.
Vor allem in Bezug auf alles, was seine geliebte Lani betraf.
Das war keiner rosaroten Brille, die über alles hinwegtäuschte, sondern einer Liebe geschuldet, die seinem Herzen entsprang.
Ich erinnere mich genau – einmal habe ich ihn gefragt, warum ihm all die vielen Nebenbuhler, die seine Lani umwarben, nicht nervten.
Da hat er mich nur angeschaut und mir das Ding mit der Liebe in einem Satz erklärt :
„Weißt du Zi Zi – zu blöd, wenn man in einen See springen will und in einem Tümpel landet. Dabei tut man sich weh."
Darüber habe ich lange nachgedacht und mir ist klar geworden, dass Pennys Liebe zu Lani nicht einmal ein See, sondern tiefer als der Ozean war.
War ja auch nicht schwer in seiner Wohnung ein und aus zu gehen, die wegen einer Katzenklappe frei zugänglich war.
Außerdem stand überall leckeres Futter herum, ein Umstand, der den Katzenverkehr nicht gerade einschränkte.

Nemo war einer der Hartnäckigsten.
Ein rotgetigerter Kater, der mit seinem Frauchen in der Nebenwohnung eingezogen war.

Schüchtern wie er war, ging er allen Auseinandersetzungen mit resoluten Rivalen aus dem Weg.
Er war sehr brav, schlief oft oben auf Lindas Kleiderschrank und suchte Kontakt zu Lani, wo es nur ging.
Wegen seiner Unbeholfenheit erntete er allerdings von ihr meist nur ein Fauchen.
Auf jeden Fall wäre ich lieber zu ihm gewesen.
Penny duldete ihn großmütig und lachte ihn auch nicht aus, als Lani ihm eines Tages bei dem Versuch, an ihr zu schnuppern, eine wischte.
Bedröppelt drein guckend suchte er daraufhin das Weite.
Ich glaube, keine von uns Katzen nahm ihn jemals ernst.

Als er ein paar Jahre danach mit seinem Frauchen weggezogen ist, merkten wir erst, wie sehr er uns mit seiner sanften Art fehlte.
Wir erinnerten uns gerne an ihn und erzählten uns gegenseitig all die lustigen Geschichten vom ewigen Unglücksraben, dessen Hauptdarsteller er war.
Wollte man auf Lindas Kleiderschrank schlafen, musste man von einem Brett aus, das auf zwei Böcken stand, hochspringen.
Eines Tages gab es einen gewaltigen Rumms.

Schnell eilten wir um nachzusehen woher das Getöse kam und entdeckten das große Brett auf den Boden liegend.
Oben auf dem Schrank versteckte sich Nemo in der hintersten Ecke.
Anscheinend war er beim Abspringen auf den Rand des Brettes gekommen und hatte alles heruntergerissen.
Wie schon gesagt – er war halt etwas tollpatschig.
Ein anderes Mal – unsere Menschen saßen gerade mit uns allen beim Frühstück, spazierte er auf den Regalen, die im Wohnzimmer an der Wand hingen, und griechische Keramik beherbergten, herum, um besser auf unseren Frühstückstisch glotzen zu können.
Dabei fegte er mit seinem Schwanz Vasen und Becher, die dort standen, zur Seite.
Erschrocken durch den mächtigen Krach sprang er herunter, kippte einen Stuhl um, als er auf dessen Lehne sprang.
Zum Glück ist nichts kaputt gegangen, doch Nemo war völlig verstört und verschwand wie der Blitz.
Nemo war ein Clown, lieb und erheiternd und um es kurz zu machen, in seiner Art einmalig.

Ein anderer von Lanis Spielkameraden hieß Nepomuk.
Neppi war das reinste Überraschungsei.

Simsalabim. Rate wer ich bin.
An einem warmen Sonntagnachmittag, die Nachbarn saßen gerade gemütlich auf der Terrasse, tranken köstlich duftenden Kaffee, hörte man plötzlich ein eigenartiges Geräusch.
Kurz darauf erblickte man einen kleinen grauen Kater, der höchstens ein viertel Jahr alt war.
Keck saß er auf der Bank neben einem verwunderten Jo.

Woher dieser Frechdachs so plötzlich gekommen war, blieb allen zunächst ein Rätsel.
Ob er über das Dach vom Schuppen nebenan, oder durch das Gitter zum Nachbarhausgrundstück geschlüpft war, konnte man nicht sagen.
Angst hatte er jedenfalls keine.
Er begann sofort überall und auf allem herum zu klettern.
Egal, ob es das Schuppendach, die Balustrade oder der Aufgang zur oberen Wohnung war, Nepomuk war der reinste Trapezkünstler.
Erst, als er von oben herab mit seinen scharfen Augen die Schälchen mit dem Trockenfutter erblickte, hatte die Turnerei ein Ende.
Dreiteufelskater, hatte der einen Appetit.

Penny und Lani lagen an diesem Tag gemütlich auf ihren Stammplatz, sonnten sich und ließen sich nicht stören.

Ich traue mir zu wetten, dass die zwei ihn gesehen haben, auch wenn sie scheinbar keine Notiz von ihm nahmen.
Ich schwöre, bei heiliger Sahne, ich habe gesehen wie Lani ab und zu ein Auge öffnete und es gleich wieder schloss, wenn er in ihre Richtung sah.
Junge Kater, so wie er, denen es noch an Lebenserfahrung fehlt, langweilen sich schnell.
So auch dieser kleine Eindringling.
Also machte er sich gleich nach dem Essen wieder auf, um die Gegend zu erkunden.
Geschwind lief er die Treppe hoch und verschwand durch den oberen Gang Richtung Parkplatz.
Schnell wie ein Laser schoss die vor Neugier fast platzende Lani hinterher.

Ich legte mich auf die Lauer.
Auf keinen Fall wollte ich verpassen, was sich sicher gleich tun würde.
Meine Neugierde wurde belohnt.
Aufgeregt wie jetzt hatte ich meine Schwester noch nie gesehen.
Wie eine Meisterin der Fechtkunst traktierte sie den kleinen Wurm mit ihrer Pfote und jagte ihn den Gang rauf und runter.
Wahrscheinlich wollte sie ihm von Anfang an zeigen, wer hier im Revier der Chef, vielmehr die Chefin war.

Diese Lektionen dauerten so lange an, bis der erschöpfte Nepomuk sich aus dem Staub machte.
Leise schlich ich ihm hinterher.
Wie ich feststellte, wohnte er nur zwei Häuser weiter, wo es noch eine Katze und drei große Hunde gab.
Da brauchte man sich wirklich nicht zu wundern, dass dieses arme, arme Tier von zu Hause geflüchtet war.
Schon am nächsten Tag war er wieder da.
Anscheinend machten ihm Prügel nichts aus.
Sie waren ihm auf jeden Fall lieber als stinkende Hunde.
Im Gegenteil – in Lani war er richtig verliebt. Das sah ich sofort.
Sie hatte es ihm angetan und er glaubte wohl, dass diese rüde Behandlung durch sie zu einem Spiel gehörte.
Deshalb erweiterte er deren Regeln.
Immer, wenn sie nicht aufpasste und aus Versehen in eine andere Richtung sah, klopfte er ihr mit seiner kleinen Pfote auf den Rücken.
Dieses Spiel machte Lani Spaß.
Das war eindeutig und nicht zu übersehen.
Später, als er ausgewachsen war, entpuppte er sich ohnehin als ihr größter Fan.
Sobald sie sich in der Wohnung trafen, begannen sie ihr Spiel.

Lani legte sich unter das Sofa auf den Rücken, und immer, wenn er in die Nähe kam, schoss sie auf dem Rücken liegend, hervor wie ein Mechaniker unter einem Auto.
Rasch verteilte sie zwei, drei Pfotenhiebe und verschwand so schnell es ging wieder unter der Couch.
Auch Nepomuk hatte daran seine Freude.
Im Gegenzug versteckte er sich an Stellen, wo sie ihn nicht sehen konnte, wartete bis sie wieder hervorkam, um sie seinerseits zu stupsen.
Mir hat es immer gefallen, den Beiden bei diesem drolligen Spiel zuzuschauen.

Doch Nepomuk war nicht nur lustig – nein – er war auch schlau.
Mit Penny kam er hervorragend aus.
Einmal sah ich, wie er zu ihm hingetigert ist, die Pfote um seinen Hals legte und ihm das Gesicht abschleckte.
Das war stark.
Ich hätte mich niemals getraut, Penny den König, auf diese Art zu küssen.
Hoheitsvoll schüttelte der große Kater ihn jedes Mal ab, doch die Narrenfreiheit, die er dem Grauen gewährte, war enorm.
Ich habe Hunger, lautete immer sein erstes Miauen.
Und ich frage mich immer noch, warum dieser Vielfraß so dünn wie ein Spargel war.

Ganz im Gegenteil zu mir.
Leider muss ich ja zugeben, dass ich im Lauf der Jahre ein wenig aus dem Leim gegangen bin.
Um es mal dezent auszudrücken.
Vermutlich verdanke ich das meinem orientalischen Wesen.
Auch ich esse für mein Leben gern, bewege mich nicht zu viel (außer ich bin auf der Jagd) und schlafe reichlich, weil ich das Träumen so gerne mag.

Mir gefallen die Jahreszeiten.
Jede Stimmung des Wetters hat ihren Reiz.
Egal, ob eine große gelbe Glückssonne vom Himmel lacht, oder Wolken darüber ziehen, ich finde es schön.
Auf mich wirkt der blaue Himmel an manchen Tagen wie das Weideland, über das die Herden der Sonne ziehen.
Jede Wolke ist ein Lämmchen.
Oft schon bin ich, wenn ich im Garten lag und versucht habe, diese zu zählen, eingeschlafen, weil es so viele waren.
Manchmal erhebt sich auch der Wind und jagt bunte Blätter durch das Land, die man dann fangen kann.

Besonders gerne mag ich es, wenn der Tag sich verdämmert und ganz langsam Platz für die Dunkelheit macht.
Diese hat unterschiedliche Qualitäten.
Die Dunkelheit der Nacht ist schwer und vertreibt mit ihrem Mantel jedes Licht, solange, bis das Künstliche kommt.
Am Morgen dagegen ist sie leicht.
Sie hat keine Dauer, gleicht einer zurückweichenden Flut, wie bei der Ebbe.
Sogar an den peitschenden Sommerregen habe ich mich im Laufe der Jahre gewöhnt.
Nur wenn es wie verrückt vom Himmel prasselt, bis in meine Wohnung hineinspritzt, weil die Balkontür sperrangelweit offen steht, werde ich sauer.
Doch am allermeisten liebe ich die Sonne der Nacht.
Diese leuchtende Kugel, die ihr Mond nennt.
Sie liebe ich besonders.
Sie ist die Herrin der Dunkelheit, die mit ihrem magischen Licht alles und so auch mich verzaubert.

Ein Unglück kommt selten alleine

Manchmal habt ihr Menschen echt gute Sprüche drauf, die richtig wahr sind.
Bei mir zu Hause hängt in der Küche so eine Tageszählblättersammlung, von der die Leilani jeden Morgen ein Blättchen abreißt, es mir laut vorliest und es dann in den Mülleimer wirft.
Den Spruch mit dem doppelten Unglück habe ich mir gemerkt.
War wohl so eine Art Vorahnung.
Hereingebrochen ist dieser Doppelwopper, ich erinnere mich genau, an einem unglaublich heißen Tag.
Unbarmherzig brannte die Sonne so heiß vom Himmel, dass sie selbst eine Leiche zum Schwitzen gebracht hätte.
Mein Frauchen war schon seit Wochen unterwegs und der liebe Jo kümmerte sich hingebungsvoll um mich.
Leilanis Betonbuch war fertig und sie mit ihm auf Tournee.
Tournee heißt das, was man machen muss, wenn so ein Buch fertig ist.
Mein armes Frauchen fährt dann von einer Stadt in die andere, liest daraus vor, gibt Interviews und verkauft Bücher.

Das alles macht sie bloß, damit sie mir immer etwas Leckeres zum Fressen kaufen kann und ich eine schöne Wohnung habe.
In den Urlaub, so wie die Nachbarn, fährt mein Frauchen zum Glück nie.
Jo, den Nachbarn, der in dieser Zeit mein Diener ist, habe ich schon ganz gut im Griff.
Dieser männliche Zweibeiner ist wirklich schlau.
Blitzschnell hat er begriffen, dass in meinem Revier andere Regeln gelten, als bei Penny und Lani.
Ziemlich oft habe ich ihn getestet, ob ich ihm vertrauen kann.

Dafür habe ich mich jedes Mal draußen versteckt und gewartet, bis er in der Wohnung war.
Durch die großen Fenster konnte ich alles, was er tat, genau beobachten.
Als erstes habe ich immer das Katzenklo kontrolliert, ob es auch richtig sauber war.
War ich damit unzufrieden, verzog ich angewidert mein Gesicht und habe brummig gemurrt.
Schnell wie ein Tornado begriff er, was diese Zeichen bedeuteten.
Ebenso, dass Fressnapf und frisches Wasser bei mir immer an derselben Stelle zu stehen haben, lernte er schnell.
Zum Dank für seine Gelehrigkeit habe ich mich dann immer auf den Rücken gelegt und mir stundenlang den Bauch kraulen lassen.

So etwas darf sonst nur mein Frauchen.
„So du liebe kleine Zi Zi Maus", sagte er an diesem überhitzten Tag zu mir.
„Heute Abend kommt dein Frauchen wieder heim. Zurück zu dir. Freust du dich schon?"
Ich machte Miau und konnte es kaum erwarten.
Ungeduldig beobachtete ich den ganzen Tag den Lauf der Sonne und wartete auf den Abend.
Wie ein Schiff trieb sie am Horizont und starb, als sie darin versank.
Es wurde dunkel, und ich spürte, wie in dieser Dunkelheit der Wind plötzlich zu fauchen begann.
Da hätte ich es schon ahnen können.
Normalerweise liebte ich es, wenn der Wind mein Fell zerzauste, doch diesen Wind liebte ich nicht.
Erst kam der Donner, dann war es soweit.

Leilani stand in der Tür, strahlend vor Glück, einen Mann im Schlepptau, der sich benahm, als ob er hier zu Hause sei.
Der Ärger sprang bei seinem Anblick aus mir heraus, wie ein Spukgeist.
Ich fauchte ihn an und rannte mit gesträubtem Fell davon.
Eine beizende, kränkende Angst, nicht mehr gemocht zu werden, überfiel mich wie ein Fieber.
Alles in mir war Witterung.
Ja, ich witterte den Feind schon von der ersten Sekunde an.

„Was hat sie denn", hörte ich mein Frauchen sagen.
„Ach lass nur", meinte der Typ genervt.
„Katzen sind komische Viecher, deshalb sind mir Hunde lieber. Hunde gehorchen, Katzen machen nur was sie wollen."
Mein verliebtes Frauchen bemerkte anscheinend nichts.
Diese Wortgefüge, die er gerade abgesondert hatte, hätten sie eigentlich warnen müssen.
Männer, die Hunde lieben, sind gefährlich.
Was die wollen, sind Gefährten, die gehorchen.
Egal, ob das ein Tier oder ein Frauchen ist.
Von jetzt an würde ich auf Leilani aufpassen.
Das war mir klar und wurde zur Gewissheit, als ich draußen frustriert unter dem Holunderbaum saß.
Alles, was ich hoffte, war, dass diesen Kerl irgendwann einmal, am liebsten so schnell wie möglich der Blitz treffen würde.
Mit all meiner Phantasie malte ich mir die schwarze Eleganz seines sicheren Todes aus, während es krachte und schepperte, was das Zeug hielt.
Grelle Blitze zuckten über den Himmel wie in der Geisterbahn.
Zum Glück war mein Gewissen aus Gummi, sodass ich es dehnen konnte, wie es mir beliebte.
Der ganze Himmel tobte wie in Gottes Finsternis und passte gut zu meiner Wut.

Klatschnass schlich ich mich zurück in meine Wohnung, voller Hoffnung, dass dieser Hundeliebhaber wieder verschwunden war.

Leider wurde diese Hoffnung nicht erfüllt.
Leilani und dieser Kerl lagen nackig im Bett und schliefen tief und fest.
Der Kerl lag in m e i n e m Bett, hielt mein Frauchen fest umklammert und schnarchte wie ein Walross.
Na, dem werde ich es zeigen, habe ich mir gedacht, als ich aufs Bett hinauf gesprungen bin und versuchte, mich zwischen beide zu drängen.
Zunächst gelang mir das ganz gut.
Aber dann hat er versucht mich mit einem Tritt aus meinem Bett zu scheuchen.
Da habe ich zugebissen.
Voller Inbrunst jagte ich meine Zähne in seine Hand und kostete sein warmes Blut.
Er brüllte wie ein Stier, der gerade geschlachtet wird.
Er fuhr hoch und schmiss nach mir mit allem, was ihm in die Finger kam.
Leilani war völlig verstört.
„So was hat sie noch nie gemacht, Gabriel", schluchzte sie.
„Zi Zi ist die liebste Katze, die du dir vorstellen kannst. Das hat sie bestimmt nur gemacht, weil sie dich nicht kennt, und du bei mir hier im Bett liegst. Das ist nämlich ihr Platz. Sie verteidigt bloß ihr

Revier. Warte, ich hole schnell Heftpflaster aus dem Bad und verbinde dich."
Gabriel saß aufrecht jammernd im Bett und warf mir hasserfüllte Blicke zu.
Dass wir zwei keine Freunde werden würden, war klar.
Glasklar sogar.
Daran gab es nichts zu rütteln.

Tief verletzt suchte ich damals eines meiner anderen zwanzig Schlafstätten auf und legte mir dort einen Plan zurecht.
Dass ich diesen Gabriel mit seinem huldvollen Lockenhaupt so schnell es ging loswerden wollte, war klar.
Schon seinen Geruch konnte ich nicht leiden.
Vor allem seine Fußmöbel, diese Stiefel, die sonst die Cowboys in den Filmen immer tragen, stanken für mich bis zum Himmel.
Die Jeans mit dem Ledergürtel, die in der Ecke lagen, hatten auch schon länger keine Waschmaschine mehr gesehen.
Da riss auch das tabakfarbene Rohseidenhemd, das er dazu trug, nichts mehr heraus.
Ich möchte bloß wissen, wo meine Leilani diesen männlichen Menschen gefunden hat, und was sie von ihm will.
Geschlafen habe ich kaum in dieser Nacht, wenn doch, verfolgten mich böse Träume.

Am Morgen traf mich dann der nächste Schock.
Völlig nackig sprang dieser Mann aus dem Bett und marschierte Richtung Bad, während Frauchen noch schlief.
Und ich sah es ganz deutlich – zwischen Männchen und Weibchen bei euch Menschen gibt es einen Riesenunterschied.
Die Männchen haben ein Schwänzchen, genau wie wir Katzen, auch wenn sie es auf der falschen Seite, nämlich vorne, tragen.
Weibchen haben so etwas nicht.
Dass unser Schwanz länger und schöner ist, befriedigte mich sehr.

Draußen im Flur lag ich auf dem großen Korbsessel und grüßte den Zweibeiner scheinheilig mit einem vorwurfsvollen Miau, doch dieser Unmensch schenkte mir noch nicht einmal den Hauch einer Beachtung.
Stattdessen sprang er zu Leilani ins Bett und begann sie zu quälen.
Sie stöhnte und ächzte ohne Pause, und versetzte alles in mir auf Alarmstufe eins.
Also eilte ich ihr zu Hilfe, sprang auf das Bett und haute meine Krallen in Gabriels nacktes Hinterteil.
Schließlich konnte ich nicht untätig zusehen, wie dieser gemeine Mann meinem Frauchen wehtat.
Todesmutig kämpfte ich um ihr Leben, tapfer wie ein Ritter.

Das war nur eine meiner Tugenden, die ich mir aller Bescheidenheit nach durchaus zugestehen darf.
Leider kam diese Heldentat bei ihr nicht so gut an, wie ich es mir erhofft hatte.
Gabriel hatte mich mit Wucht aus dem Bett geworfen und mein Frauchen tröstete ihn, den Verwundeten, anstatt nach mir zu sehen.
Obwohl ich gedanklich eigentlich keinen Ausflug ins Vorher, Nachher oder sonst wohin machen wollte, fand ich das Leben, bevor dieser Gabriel aufgetaucht war, schöner.
Wegen ihm verwandelte sich die glückliche Zeit mit meiner geliebten Leilani plötzlich in eine unbestimmte, traumferne Erinnerung, und ich fragte mich lange, was die Beiden wohl verband.
Im Laufe der Zeit entdeckte ich die eine oder andere Macke, in der sie sich ähnelten.
Leilani zum Beispiel, hat ein Lieblingsgewürz, das sie überall hinein tut.
Es heißt Ingwer, ist würzig und scharf.
Getränke oder Speisen, in denen sich nichts davon befindet, mag sie nicht.
Für sie ist Ingwer eine heilige Wurzel, und sie liebt auch die Blüten dieser Pflanze in all ihren exotischen Farben.
Gabriel dagegen, oder Gabi, wie sie ihn nennt, hat eine ähnliche Macke mit dem Senf.
Der halbe Kühlschrank ist voll mit dieser stinkenden Paste.

Er sammelt Senf aus allen Ländern und schmiert ihn überall drauf.
Sogar Eier werden bei ihm nicht verschont.
Bei ihm gibt es Senf für jede Tageszeit und zu jedem Anlass.
Er schmiert Senf auf alle Sorten von Wurst, manchmal sogar auf Käse.
Das kann einem den Appetit total verderben.
Einmal habe ich ihn dabei erwischt, wie er einen großen Löffel von seiner geliebten Stinkpaste in den Naturjoghurt hinein gerührt hat.
Da ist es mir echt schlecht geworden.
Das einzige, was er wirklich gut konnte, war grillen.
Das durfte ich im Laufe der Jahre, die er bei uns lebte, feststellen.
Während der Grillzeit hatten wir so eine Art Friedensabkommen.
Hähnchenschenkel mit Speck umwickelt liebte ich am stärksten.
Um ehrlich zu sein, ich war verrückt danach.
Leilani hatte zum Glück durchgesetzt, dass ich bei jedem Grillen eins davon bekam.
Gabi hatte seinen Grill selbst gebaut und war mächtig stolz darauf.
Würstchen, Steaks, Shrimps, Krabben, Äpfel, Kartoffeln, alles konnte man darauf brutzeln.
Mir schmeckten die Hähnchen im Speckmantel am besten.
Ja – Gabi konnte auch nett sein.

Die meiste Zeit, in der wir uns mein Frauchen teilten, konnten wir uns allerdings nicht leiden.
Schließlich vergisst man leicht, wo man die Friedenspfeife vergraben hat.
Doch wo das Beil liegt, vergisst man nie.

Wie viele Sommer vergangen sind, bis wir Gabriel wieder loswurden, entzieht sich meiner Erinnerung.
Auf jeden Fall waren es ganz schön viele.
Bestimmte drei oder vier.
Für so einen Kerl wie ihn braucht man die Kraft von mindestens tausend Herzen.
In der Endphase knackste Leilanis Herz öfter ganz laut.
Obwohl Gabi einen Mädchennamen trug, fehlte ihm deren Feinheit.
Zu vielen seiner Verhaltensweisen passte eher die Bezeichnung – Wüstling.
Immer wenn er da war, also cirka drei Mal die Woche, verwandelte sich die Atmosphäre zu Hause.
Leilani nahm kaum noch Notiz von mir, wegen diesem Dösbaddel.
Wegen ihm hat sie sogar angefangen zu rauchen und verpestete die Luft, die sonst nach Sandelholz geduftet hatte.

Sie tranken Rotwein zum Essen und das nicht zu knapp, fielen dann ins Bett und machten diese saublöden Gymnastikübungen.

Mit all dem hätte ich ja noch leben können, doch was mich am meisten nervte, um nicht zu sagen stresste, war die laute Musik, die Gabi, kaum war er in der Wohnung, auflegte.
Dieses penetrante Spiel der Töne, diesen reinsten Wirrwarr von Himmel und Hölle, nannte er Rock and Roll.
Diese Musik zerquetschte mich regelrecht, sodass ich mich meistens verdrückte.
Gabi verschmachtete sich dagegen nach diesen Klängen.
Mir machten sie Kopfschmerzen, die sich anfühlten wie Hubschrauber in brummender Dunkelheit.
Und so verwandelte ich mich allmählich in eine Nervensäge.
Die Macht des Begehrens, diesen Störenfried endlich los zu werden, wuchs von Jahr zu Jahr.
Eine schier unerschöpfliche Kreativität wurde dadurch in mir erweckt.
Gabriels Aura empfand ich als glatt und wächsern, manchmal dick wie Sirup, sie war von grässlich giftigem Gelb.
Leilani hingegen leuchtete in den herrlichsten Violetttönen – normalerweise.
Doch nun kippte ihre Aura langsam in blutiges Rot.

Das war zwar außergewöhnlich und interessant, doch mir gefiel es nicht.
Mein Kampf gegen Gabi hatte begonnen.
Am Anfang pieselte ich ihm in alles, von dem ich wusste, dass er es liebte, voller Inbrunst.
Egal, ob das die Schuhe, die Hemden, die Hosen oder sein Handy war.
Ich nervensägte so gut es nur ging.
Dann kippte ich Kaffee, Senf oder Rotwein über sein Laptop.
Das toppte ich durch eine tote Taube, die ich in seinem Gitarrenkoffer beerdigte.
Vor allem das fand er alles andere als lustig.
„Leilani", schrie er eines Tages, nachdem er stundenlang geniest hatte.
„Ich habe jetzt eine Katzenallergie wegen diesem blöden Vieh. Du musst dich entscheiden – entweder sie oder ich.
Entweder diese bescheuerte Katze kommt jetzt sofort aus dem Haus, oder ich gehe."
Tja – was soll ich sagen – ich habe gewonnen.
Hoffnung darf man eben nie aufgeben.
Leilani und ich, wir haben Kraft.
Wer Kraft hat, spürt Hoffnung.
Und wer Hoffnung spürt, hat Mut.
Kaum war er weg, erfüllte uns beide eine angeschwollene, selbstbewusste Lust am Leben.
Leilani begann wieder ihren betörenden Duft zu verströmen, genau wie unsere Wohnung.

Es war dieser Duft, den ich immer geliebt habe.
Wie sagt ihr doch immer so schön?
Zeit heilt alle Wunden.
Zeit ist ein Gut, das sich verbraucht, die gute genauso so wie die schlechte.
Sie läuft ab, genau wie das Leben.
Aus diesem Grund sollte man sie nicht vergeuden und auch nicht an ihr verzweifeln.
Die weiche warme Energie, die jetzt wieder von meinem Frauchen ausging, war besser als süße Sahne.
Glücklich saßen wir wieder im Garten und erfreuten uns an den Blumen, diesem einzigartigen Geschenk Gottes.
Jetzt war das Leben wieder schön.

Was mich an Gabriel am meisten verwundert hatte, war der Umstand, dass ihm die dauernde Musikbeschallung die Ohren nicht weggebrannt hatte.
Wie mir scheint, konnte er Ruhe nicht ertragen, oder er hatte Angst vor Gedanken, die in seinen Kopf kommen könnten, sobald der Lärm nachließe.
Niemals würde er sehen, wie die Fische am Abend ihr Nase aus dem Wasser streckten, um zu riechen, ob da fliegendes Futter war.
Dazu war er viel zu hektisch.
Dauernd wälzte er Riesenprobleme mit sich herum.

Einmal hörte ich ihn sagen:
„Ach, Schatzi, ich bin so blank wie ein polierter Schuh."
Sehr glänzend konnte dieses Leben wahrhaftig nicht sein, wenn ich auf die verschmutzten Schuhe sah.
Niemals habe ich herausgefunden, was Gabriel mit seinem Leben tat.
Ich glaube, es war vieles und auch wieder nichts.
Gegen das Wort Arbeit war er allergisch, obwohl er dauernd mit etwas beschäftigt war.
Er konnte Auto fahren, Regale bauen, kochen, einkaufen und auf so einem flachen Instrument herumklimpern, das ich nicht kannte.
Wenn man es genau nimmt, konnte er ganz schön viel und war immer nur am arbeiten.
Allerdings ist es auch so, dass wer auf zu vielen Gebieten glänzt, selten virtuos wird.
Gabi frönte der Leidenschaft und das war sein größtes Problem, weil Glück nur dort sein kann, wo Leidenschaft fehlt.
Allerdings hatte er Angst vor der Liebe.
Einmal kam ich dazu, als er meinem Frauchen allen Ernstes erklärte, dass Liebe, wenn sie zu groß ist, einen Schock für das menschliche Nervensystem darstellt und einen töten kann.
Was soll man zu so einem Wahnsinn groß sagen.
Was tun, wenn ein Herz keine Ohren hat?

Gabriel war das vierte große Übel meines Lebens, doch das fünfte folgte rasch darauf und ließ nicht lange auf sich warten.

Es war an einem späten Sommertag , der schwül über unserer kleinen Stadt hing, als das fünfte Übel wie eine Fata Morgana in mein Leben trat.
Selbst mein Lieblingsluftsänger, eine kleine Rotbrust, war an diesem Tag zu erschöpft um sich durch die Raserei der Welt zu singen.
An heißen Tagen, so wie diesem, hatte ich mir angewöhnt die Wohnung nicht zu verlassen.
Selbst unter den schattigen Büschen war es nicht so angenehm wie zu Hause.
Draußen wurde man von Ameisen genervt oder von Mücken geärgert und konnte sich nicht so schön erholen, wie in einem meiner luftigen Betten.

An diesem Tag lag ich also gemütlich vor mich hin träumend auf der Kommode, die genau gegenüber von Leilanis Bett direkt neben der Balkontüre mit dem Katzentürchen steht, von wo aus man einen herrlichen Blick in den Garten hat.
Vorausgesetzt, die Vorhänge sind nicht zugezogen so wie jetzt.
Wie schon gesagt ist mein Frauchen, die auf ihrem Bett gerade das Nachmittagsschläfchen hielt, ziemlich schlau.
An Tagen wie diesen öffnete sie die Fenster und Türen schon am frühen Morgen und ließ die kühle Luft herein bis auch die kleinste Ecke davon erfüllt war.

Kaum war das geschehen, verschloss sie rasch alles wieder, zog auch sämtliche Vorhänge zu, sodass die Räume den gesamten Tag über kühl und dämmerig blieben.

„Das habe ich in Italien gelernt, kleine Maus", hatte sie mir einmal verraten und auch den Grund, warum alle Türen und Fensterrahmen türkis gestrichen sind.

„Moskitos mögen diese Farbe nicht und gehen deshalb nicht in eine Wohnung rein. Weißt du – Menschen, die am Mittelmeer oder einem Ozean leben, sind cleverer als wir. Zumindest was den Umgang mit Hitze und Siesta betrifft.

Im fortschreitenden Klimawandel werden auch wir noch lernen, dass diese Völker nicht faul sondern schlau sind."

Aus diesem Grund öffnete sie keines der Fenster tagsüber auch nur um einen klitzekleinen Spalt.
Erst am Abend, kaum dass der glühende Hitzeball am Horizont verschwunden war, riss sie alles wieder auf, goss die vielen Pflanzen, die draußen auf der Terrasse schlapp in ihren Töpfen hingen und nässte auch den Holzboden, was eine angenehme Kühle erzeugte. Aber das nur schnell nebenbei erzählt.

Ich lag also auf meinem Kommodenbett und beobachtete zärtlich durch halb geschlossene

Augenlider hindurch mein Frauchen bei ihrer Siesta, als plötzlich das Katzentürchen zu scheppern begann.
Die leichten himmelblauen Vorhänge begannen zu flattern und ein kleiner schwarzweiß gefleckter Katzenkopf kam zum Vorschein.
Mein Puls jagte wie eine Rakete in die Höhe, denn ich glaubte im ersten Moment ein Gespenst zu sehen.
War es mein Bruder Don Paulino, der endlich wieder nach Hause kam, fragte ich mich.
Unglaublich was einem die Hoffnung so alles vorgaukeln kann.
Leider wurde sie enttäuscht.

Diese Katze, die sich gerade in meine Wohnung schlich, war eine Fremde.
Ihr fehlte die weiße Augenbrauenantenne, die Paulis Erkennungsmerkmal gewesen war.
Leise schlich der kleine Kerl ganz vorsichtig in den Raum, und als er mein Frauchen erblickte sprang er aufs Bett, kuschelte sich ganz frech an ihre Brust, legte ihr eine Pfote um den Hals und schmiegte seine Wange an die ihre.
Der Anblick dieser bodenlosen Frechheit lähmte all meine Glieder.
Ich lag da wie in Narkose.
Hat man so etwas schon mal gesehen?

Kaum war ich aus der Starre erwacht, miaute ich wütend von meiner Oase aus.
„Hä – du da drüben – was soll denn das? Nimm sofort deine Pfoten von meinem Frauchen, oder es setzt was. Das hier ist meine Wohnung und mein Frauchen und du hast hier nichts zu suchen."

Der Riesenlärm, den mein Geschrei verursachte, riss Leilani aus ihren Träumen.
Es dauerte ein Weilchen, bis sie richtig bei sich war, weil manchmal nur der Körper aufwacht, während der Geist und die Seele noch im Traumland sind.
„Hallo Kleiner – wer bist du denn???", begrüßte sie den Eindringling verwundert.
„Du bist ja ein richtiger Schmuser. Schau mal Zi Zi, wir haben Besuch gekriegt."
Ich knurrte, fletschte die Zähne und fauchte, was das Zeug hielt.
„Na, na, na", wurde ich vom Frauchen getadelt „jetzt sei doch nicht so garstig. Das ist doch eine ganz liebe Mieze und schön ist sie auch noch. Ich gebe ihr mal was zu trinken. Sie hat bestimmt viel Durst bei dieser Hitze."
Das hatte mir gerade noch gefehlt.
Jetzt stellte sie diesem fiesen Schmuser auch noch ein Schälchen mit Sahne hin. Natürlich schlabberte er diese, die eigentlich für mich bestimmt gewesen war, mit Wollust in sich hinein.

Kaum war er damit fertig, miaute er in den süßesten Tönen und strich meinem Frauchen zum Dank zärtlich um ihre Beine.
So ein ekelhafter vierbeiniger Casanova – gegen den war ja der Zweibeiner Gabi noch ein Klacks gewesen.

Hatte ich am Anfang noch die Hoffnung gehegt, von diesem Kerl befreit zu werden, dauerte es nicht lange, bis ich begriff, dass diese Don Paulino-Kopie anscheinend beschlossen hatte, bei meinem Frauchen zu bleiben.
Dafür tat er alles, was sein Repertoire hergab.
Wie ein Hund wich er die ersten Tage nicht von ihrer Seite und begleitete jeden ihrer Schritte.
Das tat er solange, bis er sicher war, dass er bleiben durfte.
All diese Tricks, die er anwendete, um sie um die Pfote zu wickeln, fand ich schäbig.
„Du hältst dich wohl für ne Teppichbrosche", fauchte ich ihn an, wenn er wieder mal elegant auf dem blauen Perser lag und Leilani mit seinen verführerischen Augen anklimperte

An jenem Tag, als sie ihn schließlich Rudi taufte, wusste ich, dass der Kampf verloren war.
Er schien keinem anderen Menschen zu gehören.
Jetzt hatte ich ihn also am Hals, diesen Mister Feschness.

Nun blieb mir nur noch das eine übrig.
Ich flüchtete mich in Illusionen und machte dadurch mein Leben erträglicher.
Eines schönen Tages würde dieser Albtraum ein Ende finden und mein Frauchen zu mir zurückkehren.
Das war zwar eine Seifenblase, doch ich klammerte mich fest daran und hoffte, dass sie nicht zerplatzte.
Doch am meisten stank mir, dass mein Frauchen gar nicht merkte wie sehr ich litt.
Jede Nacht kuschelte Rudi mit ihr in meinem Bett und der Saukerl schmiss sich sogar auf sie, wenn sie auf der Fernsehcouch lag.

 Rudi eroberte sich Zentimeter um Zentimeter von meinem Raum. Nur was den Futterplatz betraf, akzeptierte er einen Deal.
Solange ich am Fressen war, hatte er in der Küche nichts zu suchen.
Ein Abstand, den er respektierte.
Durch diese Geste verdiente er sich einen Pluspunkt.
Das Fauchen und Zuschlagen hatte ich ziemlich schnell wieder aufgegeben, weil mir das außer Schimpfe von Leilani nichts eingebracht hatte.
Damals schwante mir zum ersten Mal, dass die Liebe ein gefährliches Gefühl sein könnte.

Ist sie da, ist das ganze Leben voller Freude.
Verschwindet sie, öffnen sich die Tore für Krankheit und Leid.
Damals konnte ich mein Frauchen einfach nicht verstehen.
Wie konnte sie die Liebe zwischen ihr und mir einfach aufteilen und dem Rudi die Hälfte davon abgeben?
All das besorgte mich enorm.
Noch nicht einmal Lani, meine Schwester, konnte meinen Schmerz verstehen.
„Also echt Zi Zi – ich weiß gar nicht, was du hast. Der Rudi ist doch sooo süß, und man kann wunderbar mit ihm spielen. Also ich mag ihn gerne. Auch wenn Penny, genau wie du, ihn nicht leiden kann."

Das war aber mal ganz was Neues. Penny war auf meiner Seite.
Für mich war Rudi undurchschaubar und undurchsichtig und ich wurde das Gefühl nicht los, dass er auf eine Art seltsam war.
Irgendetwas schien er zu verstecken.
Doch das fand ich erst lange Zeit später heraus (er war sehr, sehr einsam).
Im Moment schlug seine Gegenwart mir auf die Psyche.
Ich wurde depressiv.
Diese Krankheit schlug mich nieder.

Tagelang lag ich in einer Ecke, hörte auf zu essen und zu trinken und ging nicht mehr aufs Klo.
Schon nach fünf Tagen schleppte mich Leilani zum Dottore, der allerdings nichts bei mir fand.
„Tja, Leilani, was soll ich sagen? Das scheint die Psyche zu sein", stellte er fest.

Aus diesem Grund engagierte mein Frauchen in ihrer grenzenlosen Verzweiflung einen Schamanen. Wo immer sie diesen Kerl aufgetrieben hatte, der schon am nächsten Tag erschien, blieb ihr Geheimnis.
Was mich betrifft, bekam ich erst mal einen Schock, als der Pseudoindianer unsere Wohnung betrat, da mich sein Geruch und die bunten Klamotten, die er trug, gewaltig erschreckten.
Wie ein Berg stand er da in unserer kleinen Wohnung.
Rudi tat das einzig Richtige – er nahm Reißaus.
Wie ein kleiner Tornado jagte er durch das Katzentürchen, bis man von ihm nur noch eine Staubwolke sah.
Dieser Zauberer hatte also durchaus einen guten Effekt.
Rudi war weg.

Leilani erklärte dem Mann meinen Zustand.

Dabei hatte ich das Gefühl, der Schamane durchleuchtete mich mit seinen Augen.
Ich fand das unheimlich und gruselig.
Dann kramte er all seine Utensilien aus der großen Tasche, die er bei sich trug, zündete Kohle in einer großen Muschel an, legte Kräuter darauf, die ganz gut rochen, und räucherte das ganze Zimmer damit ein, bis alles eine einzige Rauchwolke war.
Gleich darauf fing er an zu trommeln und im Raum herum zu tänzeln.
Zwar fand ich das albern, doch irgendwie auch beruhigend.
Er sang Lieder in einer Sprache, die mir fremd war.
Daraufhin nahm er einen Schluck aus einer kleinen Flasche, sprühte aus seinem Mund Flüssigkeitsnebel über mich, was mir Angst machte, weil das Zeug ein bisschen stark roch.
Leilani musste mich festhalten, weil ich flüchten wollte.
Zu Abschluss dieser Heilungszeremonie wedelte der Mann mit einem Federbusch über meinen ganzen Körper.
Dann war der Spuk endlich vorbei.
Und ihr werdet es nicht glauben – ich fühlte mich besser.

„Was haben Sie denn gefunden, was fehlt ihr denn", fragte Leilani den Schamanen, als sie später bei einer Tasse Tee mit ihm saß. „Ich meine, was haben Sie denn gemacht?"

Papps, wie der Schamane hieß, war wohl kein Mann der vielen Worte, denn er ließ sich viel Zeit für seine Antwort.

„Nun – sagen wir mal, ich habe die Tränen ihrer Mieze verbrannt."

Mein Frauchen bekam große Augen und den Mund nicht mehr zu.

„Ihre Katze – wie heißt sie doch gleich – ach ja – die Zi Zi trägt große Traurigkeit in ihrem Herzen. Wonach sie sich sehnt ist, mit Ihnen wieder ganz alleine zu sein. Es scheint da eine andere Katze zu geben, die ihr das Leben schwer macht. Viele Tränen hat sie in der letzten Zeit heimlich geweint, und Sie haben nicht verstanden, was es bedeutet hat, wenn sie leise Miau aua aua aua aua aua vor sich hin gejammert hat.

Ich habe während der Zeremonie mit ihrer Seele kommuniziert, die geweinten Tränen eingesammelt und sie im heiligen Feuer verbrannt. Dann habe ich ihr vermittelt, dass sie jetzt ihre Ängste loslassen darf, und diese andere Katze doch nichts anderes als ein Geschwisterchen ist. Die Heilung ist erfolgt. Der Rest liegt jetzt bei Ihnen. Ihre kleine süße Mieze leidet an Eifersucht. Erklären Sie ihr Ihre Liebe, bitten Sie um Vergebung, geben Sie Ihrer Beziehung wieder den Atem des Lebens. Frieden beginnt nicht irgendwo da draußen. Er beginnt hier in unseren Herzen", sagte er zum Abschied, nachdem Leilani ihn für seine Hilfe bezahlt hatte.

Gleich danach kam sie zu mir.
„Zi Zi – es tut mir Leid. Ich habe nicht gemerkt, dass der Rudi für dich ein Problem ist. Felsenfest war ich davon überzeugt, dass du die Große bist und weißt, wie sehr ich dich liebe. Der Rudi ist doch viel kleiner als du und hat niemanden außer uns. Du bist doch die Nummer Eins in meinem Leben. So ist das und wird auch immer so bleiben. Es tut mir so Leid, dass ich dir wehgetan habe, kleine Maus."

Ach, war das schön, wieder so gestreichelt zu werden.
Auch die Träne, die über ihr Gesicht rollte, tat mir gut, war sie für mich doch der Beweis ihrer Liebe.
Plötzlich verspürte ich wieder Hunger.
Er überfiel mich wie ein ausgehungerter Bär.
Es war Hunger nach Essen, Hunger nach Liebe, Hunger nach Leben.
Schamanen sind cool, soviel stand fest.
Und ich muss sagen – noch nie hat es mir so gut geschmeckt.
Jetzt, wo mein Frauchen mich wieder liebte, würde ich mit Rudi schon einen Weg finden.
Bruder hin oder her.

Auch wenn er vielleicht nur ein halber oder ein viertelter ist, ist das auf jeden Fall besser als keinen zu haben.

Die Mühe, die ich mir in der nächsten Zeit gab, hat sich auf jeden Fall gelohnt.
Vielleicht lag das aber auch an Rudis schauspielerischer Hochbegabung.
Am eindrucksvollsten stellte er die Figur des untergebutterten Ehekaters dar.
Dieses Theaterstück fing schon beim Essen an.
Ganz brav fraß er nur von seinem Teller, der zwar immer an derselben Stelle, doch weit entfernt von meinem stand.

Sogar unser Nachbar, der uns mal wieder betreute, ging dem kleinen Knilch auf den Leim.
Manchmal konnte ich mir das Lachen kaum mehr verbeißen.
Rudi, der die meiste Zeit eh unterwegs war, kam also nach Hause, als der Sitter mit mir auf dem Sofa lag, mit mir fernguckte und dabei hingebungsvoll meinen Bauch kraulte.
„Hä Zi Zi – ich will auch auf die Couch, will auch so ein bisschen Gekraule haben. Komm mach mir Platz", meckerte und maulte er.
Geduldig blieb er vor dem Sofa stehen, schaute mich an, war aber zu feige um zu springen.

Jo, dem Nachbarn, tat er natürlich Leid, vor allem, weil er unser Spiel nicht durchschaute.
Also beugte er sich hinab und streichelte zärtlich Rudi an seinem Kopf.
Jetzt war es Zeit für meinen Einsatz.
Fauchend sprang ich vom Sofa, rauschte aus dem Zimmer, Rudi hinterher.
„Na, wie waren wir", maunzte Rudi draußen völlig außer Atem.
„Gar nicht schlecht, Herr Specht", antwortete ich und grinste von einem Ohr bis zum anderen.
Schon nach einer kleinen Weile gingen wir zurück in die Wohnung.
Hochnäsig strafte ich Jo mit Verachtung.
Rudi sprang auf sein geliebtes Bügelbrett, das im Flur nur für ihn aufgebaut steht, schlief und schnarchte dabei was das Zeug hielt.

Menschennecken spielten wir von nun an immer, wenn es uns langweilig war.
Und wir waren Spitze!!!
Wenn ich ehrlich bin, bekam ich den Schlawiner mit der Zeit sogar richtig lieb.
Er war so verständnisvoll und akzeptierte mich mit all meinen Eigenheiten.
„Hör mal – ich kann mir auch einen anderen Platz zum Wohnen suchen, wenn du dein Heim nicht mit mir teilen magst. Das macht mir gar nichts aus. Ich komme dann halt nur zum Fressen und zum

Spielen zu dir und das auch nur, wenn es dich nicht stört."
Noch bevor ich etwas sagen konnte, war er dann meistens schon wieder weg.
Wie ich in Kürze herausfand, hatte er einen geheimen Eingang zu der großen Garage entdeckt, in der zwei gepolsterte Bänke standen, auf denen er schlief.
„Hör mal Rudi", sagte ich also deshalb zu ihm „an Tagen, an denen es regnet, oder wenn es im Winter zu kalt wird, kommst du aber nach Hause."
Mein schlechtes Gewissen trieb mich zu diesem Angebot.
Freudig reckte er dann seinen Schwanz in die Höhe, was auf kätzisch soviel wie Danke heißt.

Was sich außerdem bald herausstellen sollte, war die Tatsache, dass Rudi ein begnadeter Sänger war.
Schon von weitem, wenn er sich unserem Haus näherte, hörte man seine glasklaren Töne.
Lanis und mein Herz begannen dann schneller zu schlagen, unsere Herzen schmolzen förmlich dahin.
Auch Penny waren seine künstlerischen Ambitionen nicht entgangen.
„Brrrrh", grummelte der vor sich hin, sobald er eine von Rudis Arien vernahm.
„Jetzt biegt dieser Opernfuzzi schon wieder um die Ecke. Hat der denn nichts Besseres zu tun, als

einem die Ohren zu zersägen. In der Menschenwelt würde er für das Gejaule bestimmt einen Preis kriegen. Preise sind wie Hämorrhoiden.
Früher oder später kriegt jedes Arschloch eins."
Meine Schwester lachte sich jedes Mal, wenn Penny sich so garstig aufregte und so außer Fassung geriet, beinahe kaputt.
Sie liebte es, wenn Penny vulgär wurde, weil das so gar nicht zu seiner sonstigen Eleganz und Hoheit passte.

Doch Penny brannten jedes Mal, sobald er Rudi auch nur von weitem erblickte, sämtliche Sicherungen durch.
Einmal, die Beiden gaben gerade wieder Räuber und Gendarm, versteckte Rudi sich unter einem dichten Gebüsch.
Kaum wurde er von Penny entdeckt, jagte dieser den Rivalen quer durch den ganzen Garten und scheuchte ihn schließlich auf einen der großen Bäume am Flussufer.
„Was für ein sportliches Kerlchen doch dieser Rudi ist", flüsterte Lani mir zu.
Der saß inzwischen hoch oben auf einer Astgabel, schaute frech zu Penny hinunter, der zähneknirschend unten saß, und schmetterte inbrünstig eine seiner Arien in den höchsten Tönen.
„Ich glaube, die spielen jetzt Luftschach", nuschelte ich Lani zu.

„Bestimmt wollen die herausfinden, wer von beiden die größere Geduld hat."
Mein Rudi war der Sieger.
Irgendwann verlor Penny die Lust und trippelte angepisst zurück ins Haus.
„Na, habe ich es nicht gesagt?"

Just in diesem Moment kam Linda nach Hause, schnappte sich den Fotoapparat, der zufällig auf dem Küchentisch lag, und fotografierte Rudi auf seiner Astgabel, von der er stolz heruntersah.
Von diesem Foto bekam Leilani einen Abzug.
Sie steckte ihn in einen bunten Rahmen und hängte ihn direkt vor ihrem Schreibtisch an die Wand.
So hatte sich Rudi zu guter Letzt ohne mein Zutun den Platz in unserer Wohnung doch noch erobert.
Miau, Miau, Miau – dieses Kerlchen Rudi ist wirklich schlau.

Ist es nicht so, dass ihr zweibeinigen Männchen und Weibchen immer glaubt, das Leben von uns Katzen sei immerzu paradiesisch? Sicher, ihr gebt uns alles und versucht uns jeden Wunsch von den Augen abzulesen und doch ist es so, dass auch für uns die Tage nicht immer reines Honigschlecken sind.

Auch für uns gibt es Zeitlupentage, die ihr anderen Wesen depressiv nennen würdet.
Ich erinnere mich an einen Tag an dem die eisige Last des Himmels wieder über die Erde gekommen und es Winter geworden war.
Dieser Tag kam nur sehr mühsam in die Gänge, denn der Himmel war wie versteinert.
Selbst der Schnee lag an diesem Tag als hellgrauer Schleier herum.
An jenem Morgen fing es wieder an zu schneien.
Für mich sind Schneeflocken Engelstränen.
Es gefällt mir, wenn dieses Weiß vom Himmel fällt.
Von meinem Kommodenbett aus schaute ich in den Garten hinaus und sah gerade noch wie Penny in dem Gestöber verschwand.
Simsalaverschwindibus und er war weg.
Die dicken Flocken und das Weiß hatten ihn einfach verschluckt.
Was ich in diesen Minuten noch nicht wusste, war, dass von diesem Tag an wir für lange Zeit begannen, Unglück mit uns herum zu schleppen.

Zumindest glaubten wir das.

Jedes Mal, wenn der Schicksalsgong schlägt, ist es ziemlich schwer, sein Gleichgewicht wieder zu finden und zu halten.
Unser Planet, die Erde, taumelt einfach viel zu schnell durchs Weltall.
Pennys spurloses Verschwinden löste bei uns allen große Panik aus.
Linda, sein Frauchen, war nach tagelanger Suche bereits halb blind vor Tränen.
Jo, sein Herrchen, befürchtete das Allerschlimmste.
Das war so schlimm, dass er sich nicht einmal traute, seine Frau einzuweihen.
Nur Leilani erzählte er davon.

Die Isen, welche am Rand eine dicke Eisschicht trug, auf der Katzen herumlaufen konnten, war eine große Gefahr.
„Ich glaube, der Penny ist darauf ausgeglitten, unter das Eis geraten und ertrunken", meinte er mit zittriger Stimme und schnäuzte kräftig seine Nase.
„Und wie geht's der Lani", erkundigte sich mein Frauchen mitfühlend.
Jo zuckte ratlos mit den Schultern.
„Das ist auch so was, dass ich nicht verstehen kann. Die Lani tut so, als wäre nichts. Dabei sind die Beiden doch immer zusammen, kleben aneinander wie Pech und Schwefel. Auf jeden Fall

haben wir jetzt Suchanzeigen im Intelligenzblatt aufgegeben, doch ich glaube, dass das nichts mehr nützt."
Was nützt schon die Freiheit, wenn sie zu nichts oder einen in den Tod führt, überlegte ich die nächsten Tage.
Eigentlich sollte man dem Allerhöchsten täglich dafür danken, dass man im Diesseits verweilen darf.
Lani machte sich die ersten zwei Wochen anscheinend wirklich keine Gedanken. So viel Sicherheit fand ich einfach famos.
Waren die Nächte sternenklar, schaute ich sehnsüchtig hinauf in die seidene Fläche des Himmels, der übersät war mit silbernen Punkten und überlegte, ob Penny jetzt einer dieser Schönen war.

Doch selbst Lanis Zuversicht hatte irgendwann ihre Grenzen erreicht.
Wie ein Dieb schlichen sich ein Virus oder etwas Ähnliches in ihren Körper. Sie wurde krank.
Hatte sie die Hoffnung etwa aufgegeben?
In so einem Zustand hatte ich meine Schwester, die immer so stark war, zuvor nie erblickt.
Mit hängendem Kopf schlich sie herum, jammerte und besuchte mich so oft es ging.

Dazu sang Rudi seine Arien, um sie von ihrem Kummer abzulenken und aufzuheitern, was kaum erträglich war.
Von Tag zu Tag wurde sie dünner und eines Morgens sah sie aus, als wären Außerirdische auf ihr gelandet und hätten ihr Kornkreise ins Fell gebrannt.

Für ihr Frauchen Linda war das alles zuviel.
Bereits am Morgen schlich sie von nun an so mürrisch herum, dass selbst das Leben gerne einen Bogen um sie gemacht hätte.
Selbst ihr schönes Gesicht war jetzt düster vor Verzweiflung.
Man hätte fast meinen können, sie hätte anstelle des Herzens jetzt eingesalzenen Trockenfisch in der Brust.
Obwohl das Gegenteil bei ihr der Fall war.
Angst und Kummer waren dabei sie zu zerstäuben.
Ihre Augen waren jetzt dunkel wie dunkle Sonnen.
Darunter lagen Ringe der Schlaflosigkeit wie finstere Täler.

In meinen Ohren höre ich immer noch das Klagen meiner Schwester, als sie mit großer Mühe in den Transportkorb gesteckt wurde, weil man sie zum Arzt bringen wollte.
Lani war ja weiß Gott nicht Penny, der diese Art der Beförderung liebte.

Nein – sie hatte Angst davor und das nicht zu knapp.
Wie ich später erfuhr, hat sie den ganzen Weg gejault wie am Spieß und erst damit aufgehört, als sie auf dem Behandlungstisch saß.
Jetzt war sie starr vor Angst und machte noch nicht mal einen Pieps, als ihr der Doktor die Spritze mit dem homöopathischen Mittel in den Poppes jagte.
Nur ihr kleines Herzchen pumperte wie verrückt und machte dem Doktor Sorge.
„Die nächsten Tage komme ich zu Euch in die Wohnung und behandele die Kleine dort", verkündete er.
„Wir wollen doch nicht, dass das Mädel gesund wird, aber vor Angst einen Herzinfarkt bekommt."

Von nun an besuchte er Lani täglich zu Hause.
Nichts wurde besser trotz der vielen Spritzen.
Vorausgesetzt, sie war überhaupt zu Hause.
Anscheinend wusste sie jedes Mal genau, wann er kam, weil sie die Telefongespräche belauschte.
Kaum hörte sie seine Schritte, schwupps, schon war sie verschwunden.
Bald wurde ihre Krankheit so akut, dass die Kornkreise zu bluten begannen und genäht werden mussten.
Von diesem Moment an war sie zu schwach für eine Flucht.

In der Klink, in die sie gebracht wurde, bekam sie eine Narkose.
Noch ehe sie aus dieser erwachte, legte man ihr zur Sicherheit eine Halskrause um, die verhindern sollte, dass sie sich kratzte.
Dieses hässliche ungewohnte Ding machte sie verrückt und trieb sie beinahe in den Wahnsinn.
Wie eine Irre versuchte sie durch die Katzentüre zu entfliehen, was mit dem Monstrum um den Hals natürlich nicht möglich war.
Ihr armes Herrchen verbrachte die ganze Nacht im Wohnzimmer auf dem Sofa, um sie zu beruhigen – ergebnislos.
Vor lauter Angst, sie könnte sich noch mehr verletzen, nahm er ihr die Krause schließlich ab.
Kaum war das geschehen, verschwand sie wie der Blitz und stürmte zu mir in die Wohnung.
„Kann ich ein paar Tage bei dir bleiben", fragte sie völlig außer Atem. „Ich muss mich einfach erholen."
Mir war das recht. Geschwind sprang sie auf den großen Korbsessel, der im Flur in der Nähe des Telefons steht, rollte sich ein und schlief erst mal zwei Tage durch.
Mein Frauchen hatte Wasser und Futter für sie bereitgestellt, so dass es ihr wirklich an nichts fehlte.
Ansonsten ließen wir sie in Ruhe.
Schlaf ist eine prima Medizin.

„Zi Zi – ich glaube die Lani hat was an der Psyche", meinte mein Frauchen. „Wenn es in drei Tagen nicht besser geworden ist, hole ich noch mal den Schamanen. Das machen wir aber dann ganz heimlich, weil die Linda von so einem Hokuspokus nichts hält."

Zum Glück wurde das aber nicht nötig.
„Was soll denn das mit diesen Motten in deinem Pelz", fragte ich Lani kurze Zeit später und schubste sie zu einem Schälchen mit Sahne.
„Wenn ich das wüsste", seufzte sie. „Das Verschwinden von Penny macht mich fertig. Weißt du Zi Zi – vor zwei drei Wochen haben wir uns wegen Rudi gezankt. Ich habe den Penny geschimpft, weil er immer so eklig zu ihm ist, obwohl der außer Singen nichts Böses tut. Deshalb war der beleidigt und hat bis zu seinem Verschwinden kein einziges Miau mehr mit mir geteilt. Die ersten zwei Wochen habe ich gedacht, dass er mich durch sein Wegbleiben strafen will, aber jetzt glaube ich, dass er mich verlassen hat."
Zu sehen, wie sich ihre Augen mit Tränen füllten, brach mir fast das Herz.
„Jetzt sorge dich doch nicht so", versuchte ich sie zu trösten.
„Penny kommt wieder zurück zu dir. Das ist so sicher, wie das Amen in der Kirche. Ihr beide geht

doch gemeinsam den Weg eures Lebens, gemeinsam als ein Herz."
Wenn mir eines klar war, dann, dass diese Herzen nicht einfach verliebt sondern in Liebe eingetaucht waren.
Und das ist nichts, was ich einfach so daher schwatze, sondern leuchtende Wahrheit.
Diese Worte schienen Lani zu beruhigen.
Sie wurde blass vor lauter Gähnen, setzte bald darauf ihren Gesundheitsschlaf fort und das Leid verwischte seine Spuren.
„Schlaf, süße kleine Schwester", flüsterte ich ihr zu „und folge ihm ins Land der Träume, damit du dein Herz nicht verlierst. Lausche dem Gesang der Sterne und werde gesund."
Und das Wunder geschah.

Manchmal fallen ja Worte, wenn man sie nicht hört, mausetot zu Boden.
Zum Glück hat der liebe Gott gute Ohren und unsere Gebete erhört.
Ja zum Glück, das muss ich sagen, waren wir nicht zum Unglücklichsein verdammt.
Das Leben kann doch so schön sein.
Wir müssen nur verstehen ihm die Türe zu öffnen.

Eines Morgens, es war ein Tag, an dem die Kälte den Himmel blankgefegt hatte, brachte Linda, bevor

sie zur Arbeit gehen wollte, schnell noch die Mülltüten hinaus.
Plötzlich brachte sich kalter Wind in Erinnerung, so als hätte er nur auf sie gewartet, und trug ihr ein leises entferntes Miauen zu.
Unter einer Million Katzen würde Linda die Stimme ihres Penny erkennen.
Diese für sie lieblichsten Töne kamen von gegenüber aus der alten Halle, die dort stand.
Was sie dort sah, ließ ihr das Herz vor Freude fast aus der Brust springen.
Zwischen der Dachrinne und den Ziegeln hindurch erblickte sie Pennys Kopf.
Ein schmaler Spalt war wohl eine Art Entlüftungsschacht oder etwas Ähnliches.
Ist ja auch egal was es war.
Penny war dort und musste befreit werden.

 Wie ein Tornado fegte Linda durch die anliegenden Häuser auf der Suche nach dem Schlüssel für die verschlossenen Pforten.
Schließlich kam eine Dame aus der angrenzenden Autowerkstatt herbei geeilt und schloss die Halle auf.
Riesengroß war dieses Gebäude und vollgestellt mit Geräten aller Art.
„Penny, wo bist du denn", suchte Linda und wischte sich dabei Freudentränen aus dem Gesicht.

„Komm, melde dich, mein Süßer", lockte sie weiter „komm zu mir, wir gehen nach Hause."
Da unter den Maschinen, die hier lagerten, nichts zu finden war, erklomm sie die kleine Treppe, die nach oben führte.
Abgemagert und grau von Staub kauerte Penny in einer Ecke.
Kaum, dass er sie erblickte, lief er auf sie zu und sprang in ihre Arme.
„Gott, wie du stinkst, du armer Kater. Du bist ja eine richtige Ölpfütze", scherzte Linda, die ihn dabei so fest an sich drückte, dass er fast keine Luft mehr bekam.
So rasch es ging lief sie mit ihm nach Hause.

Zu allererst leerte er einen ganzen Napf mit Wasser, machte den Kontrollgang durch sein Revier, setzte seine Marken, damit alle wussten, ich bin wieder da.
Erst dann fraß er eine Riesenportion Futter, ließ sich waschen und legte sich schlafen.
Obwohl ich mich nicht erinnern kann, wie viele Wochen er verschwunden war, war sein Zustand wirklich unglaublich.
So viele Wochen ohne Trinken und Fressen, das soll ihm erstmal einer nachmachen.
Na ja – vielleicht gab es in der Halle ja Mäuse und zum trinken Wasser, das durch das Dach getropft ist.

Auf jeden Fall konnte selbst der Onkel Doktor, zu dem Penny am nächsten Tag gebracht wurde, das Rätsel nicht lösen.
Wieso unser Held von seiner Radikaldiät keinen Schaden davon getragen hatte, konnte auch er sich nicht erklären.
Auf jeden Fall hat er mir alles erzählt, als wir uns im Garten trafen.

Einen Freudensprung hab ich gemacht und bin im Dauerlauf an Lanis Krankenbett geeilt, um ihr die Neuigkeiten zu verkünden.
„Trari Trara, dein liebster Penny ist wieder da. Er ist draußen im Garten und kann's kaum erwarten, sein liebstes Lanilein wieder zu sehen."
Ja, meine Lieben – Blitzgenesungen gibt es nicht nur in der Bibel.
Lebenskraft und Liebe schlugen in Lanis Körper ein wie ein Blitz.
Wie ein solcher fegte sie an mir vorbei und begrüßte stürmisch ihren Liebsten.
Meine süße Schwester war einfach liebesblöd, das verlieh ihr geradezu etwas Menschliches.
„Wie siehst du denn aus", maunzte Penny entsetzt, als die durchlöcherte Lani vor ihm stand.
„Kann man dich denn niemals alleine lassen, ohne das gleich was Blödes passiert. Du kommst jetzt sofort nach Hause und morgen geht's ab zum Onkel Doktor. Keine Widerrede."

Lani klimperte glückselig mit ihren kleinen Augen.
„Alles was du willst, mein Schatz. Ich bin so glücklich, dass du wieder da bist."
Der Himmel in ihrem Kopf strahlte augenblicklich wieder heller.
Die Frage, wer es gewesen war, der ihre Gesundheit gemopst hatte, stellte sie sich gar nicht erst.
Ob es der liebe Gott oder der böse Teufel gewesen ist, war ihr egal.
Völlig schnuppe, sozusagen.
Hauptsache sie hatte ihren Penny zurück.
Löcher im Pelz waren auf jeden Fall besser zu ertragen, als die unbegreifliche Gnadenlosigkeit, die der Alltag des Lebens so mit sich bringt.

Penny war immer noch durstig wie eine Wüste, als sie wieder daheim waren.
Kaum hatte er diesen gelöscht, begleitete er Lani zu Linda und schaute diese vorwurfsvoll an.
In dieser ersten Nacht wieder daheim, gelang es Lani kaum, den Schlaf anzulocken.
Gedanken, die im Kopf herum schwirren, sind oft schwerer zu hüten als eine Schafherde.
„Nichts ohne dich ist süß", flüsterte sie Penny ins Ohr und schlief beim Zählen der Wolltiere endlich ein.
„Nur Mut", maunzte Penny zu Lani, die bereits am nächsten Morgen im Transportkörbchen saß.

Katzenmama und –papa hatten sich nur wegen ihr Urlaub genommen, sich ein Auto besorgt und sich mit ihr auf den Weg in eine große Stadt gemacht.
Ich glaube, die heißt Mönchen oder so ähnlich.
Auf dieser langen Reise gab Lanchen nicht einen Pieps von sich, so wie sie es Penny versprochen hatte.
Man hätte fast meinen können, dass Autofahren ihr Spaß machte.

Die Frau Derma–Tologin, wie die Doktorin hieß, war sehr, sehr lieb, wie Lani dem Penny erzählte, als sie wieder zu Hause war.
„Erst hat sie mich schlafen gelegt und mir viele schöne Träume geschenkt. Ich glaube, sie hat sich was von meiner Haut genommen und in so ein Labor geschickt. Die Frau Derma hat gesagt, dass sie so ein Fell wie das meine noch nie gesehen hat. Vielleicht habe ich mich im Garten unter den Büschen mit Bakterien infiziert, die beim Menschen TBC machen."

Als Penny das von ihr hörte, ging ihm ein Licht auf.
Von wegen Bakterien und Büsche.
Hatte er nicht schon zweimal gesehen, wie der Hausmeisterkobold weißes Pulver auf den Parkplatz vor dem Haus geschüttet hatte.
Irgend so ein Zeug, mit dem man das Eis entfernen kann.

Vielleicht war dieses Salz oder was es war in Wirklichkeit giftig?
Glücklicherweise wurde Lanis Gesundheit von selbst wieder gut.
Die Kornkreise verschwanden von ihrem Körper, das Fell wuchs nach und glänzte genauso seidig wie zuvor.
Das Anmutigkeitsrisiko war also behoben, verschwand wie von selbst.

Auch wenn die letzten Wochen ein einziges Chaos gewesen sind, ist dieses doch auch jedes Mal die Wiege einer neuen Ordnung.
„Nie wieder werde ich die große Halle betreten", schwor Penny seiner Lani.
„Auch wenn die Türen noch so weit geöffnet sind."
„Und ich werde nie mehr an dir zweifeln", schnurrte Lani „jetzt wo ich weiß, dass du mich niemals verlassen wirst."

Ruhe war eingekehrt in unseren Häusern, unser Leben wieder rund und schön.
Noch nicht einmal die Nachricht meines Frauchens, dass ich eine Felis silvestris bin, konnte mich schockieren, obwohl ich gegen Silvester allergisch bin.
Von mir aus konnten mich die Lateinischen nennen, wie sie wollten.
Bisher war mir noch keiner von ihnen begegnet.

Sollte doch irgendwann mal einer von ihnen auftauchen, würde ich ihm den Marsch schon blasen.
Bis dahin ließ ich mir mein neuestes Lieblingsgericht schmecken, dass ich Leilani neulich vom Teller geklaut hatte.
Kartüffeln mit Butter.
Welch ein Genuss.
Schon der Name allein zerschmolz auf meiner Zunge.
Kartüffeln.
Was für ein schönes Wort.
Kartüffeln, Kartüffeln, Kartüffeln.
Schmatz – Fatz – Miau.

Ich glaube, es war ein regennasser März, als sich der nächste Akt der Unglaublichkeit ereignete.
Zuerst einmal verbreitete sich das Gerücht, dass Rahm-Bos Frauchen, dieses parfümierte Ekelpaket, ihn heimtückisch ermordet hatte.

Keiner von uns hatte den Süßen in der letzten Zeit gesehen, und wir wunderten uns alle, warum seine Besitzerin so plötzlich verschwunden war.
In Nullkommanichts hatte sie all ihre rosaroten Habseligkeiten eingepackt und war entschwunden.
Sie habe jetzt einen Freund in München, der unter Katzenallergie leidet, hatte sie meinem Frauchen erzählt und sich danach blitzartig in Luft aufgelöst.
Doch über den Verbleib ihres Katers verweigerte sie die Auskunft.
Allerdings habe ich gehört, wie Leilani Linda zuflüsterte:
„Ich glaube, sie hat ihn eingeschläfert, diese Hexe und das obwohl er gesund war und wir ihn ihr jederzeit abgenommen hätten."
Das Himbeermonster war also eine Mörderin.
Lani und Penny meinten auch, dass wir alle froh sein konnten, dass dieses grässliche Monster von Frau endlich verschwunden war.
Armer, armer Rahm-Bo, wie sehr wir dich vermissen.

Nichtsdestotrotz klopfte das Frühjahr kräftig an die Türe und verlangte Einlass.

Föhnige Luft war damit beschäftigt, mit den letzten schmutzigen Schneeüberresten aufzuräumen, was mein ästhetisches Empfinden nicht gerade verwundete.

Morgens und abends wehten manchmal noch Schleier aus Regen und Nebel zwischen den Häusern, die tagsüber verschwanden.

Ganz früh am Morgen, wenn es langsam heller wurde, war es manchmal so still, dass man glauben konnte, die Fische am Grund des Baches atmen zu hören.

Und genau durch so eine Stille erschallte eines Morgens eine durchdringende Stimme, die einem das Blut in den Adern gefrieren ließ.

„Bärli, Bärli, Bärli", durchbohrten Fanfaren meinen Schlaf und wirbelten mich aus den Träumen.

Bärli, Bärli klang wie Tatü Tata, so als würden Posaunen vom Himmel tröten und zum jüngsten Gericht rufen.

Draußen im Garten erblickte ich eine zierliche Frau, die merkwürdig humpelte und einen kurzbeinigen Hund im Gefolge hatte.

Traurig schaute sie unter die Büsche und ließ Bärli ertönen wie eine Sirene.

Diese Frau hatte ich schon öfter gesehen.

Auf der anderen Seite des Flusses allerdings mit zwei kurzen Kötern im Schlepptau.

„Schau mal, wie komisch die geht", hatte Lani einmal gemeint „Ich glaube, die hat auch so was wie der Penny. Ich möchte bloß wissen, was für ein böser Mensch die gegen die Wand geschmissen hat. Das war bestimmt ein ganz, ganz großer, ganz, ganz gemeiner Mensch. Vielleicht hat sie deshalb zwei Hunde mit so kurzen krummen Beinen, weil sie selbst nicht so gut laufen kann."
Damals konnte ich ihr nur recht geben, da ich noch nicht wusste, wie schrecklich diese Frau klang.

In der nächsten Zeit erschien sie mehrmals am Tag und ließ ihre Bärli-Sirene ertönen.
Sogar meinem Frauchen wurde das langsam zuviel.
„Kann ich Ihnen helfen", erkundigte sie sich eines Tages „ich meine, liebe Frau, was suchen sie denn? Kann ich was für Sie tun?"
„Mein Bärli ist ausgebüchst", heulte das Weibchen „ich suche ihn jetzt schon seit Wochen. Erst ist einer meiner Dackel gestorben, dann habe ich sofort einen Neuen aus dem Tierheim geholt. Als der dann bei mir eingezogen ist, hat der andere Dackel so laut gebellt und mein Papagei so höllisch gekreischt, dass ich vor Schreck vergessen habe, die Haustüre zu schließen. So schnell konnte ich gar nicht schauen, war das Bärli verschwunden. Bitte würden Sie mich anrufen, falls er bei Ihnen auftaucht?"

Einer Bitte, welcher mein Frauchen gerne nachkam. Konnten wir so doch alle wieder in Ruhe schlafen ohne vom Bärli-Alarm in die Höhe geschreckt zu werden.

Obwohl ich diesen Bärli nicht kannte, konnte ich gut verstehen, dass er die erste Gelegenheit genutzt hatte, diesem Wahnsinn zu entfliehen.
Unsere kätzischen Ohren sind empfindlicher als die Blüten einer Mimose.
Ohrbeschallungen durch Papageiengezeter, Dackelgewinsele und Menschengekreische sind für uns die Hölle.
Da finde ich ja Rock'n Roll Musik noch erträglicher.
Der Bärli-Gesang dieser Frau war allerdings eindeutig Häfi Mettel. Wahrhaft unerträglich.
Was dieses Bärli betraf, bin ich, so wie wir Katzen in unseren Revieren nun mal sind, unheimlich neugierig geworden.
Dieser Junge war auf der Flucht.
Das machte ihn spannend.

Penny, Lani, Rudi und ich gründeten eine Union, deren Ziel es war, das rätselhafte Bärli zu erkunden.
Irgendwo musste er schließlich sein.
Also stellte ich all meine Sinne auf verschärften Empfang und funktionierte bald besser als ein Radargerät.

Bald waren meine Ohren erfüllt vom Fauchen verborgener Katzen, und ich bemerkte Schatten, die um das Haus schlichen, oder sich im Blattwerk der Büsche verbargen.
Durch diese erhöhte Aufmerksamkeit glitt ich bald in eine unerklärte Zeit, die sich ausbreitete und mich gefangen nahm.
Welch majestätische Wirkung Erfolg hat, wurde mir klar, als Bärli plötzlich vor mir stand.

Dieser Kater hatte etwas so Edles an sich, war genau so groß wie Penny, getigert und mit Augen so groß und hellgrün wie die meinen.
Mir blieb fast die Spucke weg.
Immer, wenn mich etwas oder jemand aus der Fassung bringt, werde ich frech und auch ein bisschen ordinär.
„Hat dir jemand die Zunge rausgeschnitten oder hast du nichts zu sagen", maunzte ich ihn an.
Bärli zuckte noch nicht mal mit der Wimper.
„Du bist doch Bärli", stocherte ich weiter.
„Hat dir noch keiner gesagt, dass die Sprache die Kleidung der Gedanken ist, vorausgesetzt, man hat solche in seinem Kopf."
Kaum hatte sich der Fremdling gesetzt und seinen Kopf etwas schief gelegt, antwortete er ruhig, so als gäbe es nichts Wichtigeres zu sagen.

„Ein Mann zu sein heißt zu wissen, wo es langgeht und nicht zuviel darüber herumzumiauen, kleine Dame."

Jetzt hatte er mich erwischt.

„Was bist du denn für eine Pissnelke", rotzte ich weiter. „Du glaubst wohl, du brauchst hier bloß aufzutauchen und kannst dich aufführen wie ein King."

Bärli grinste.

„Ne, also wirklich ganz bestimmt nicht. Alles was ich will, ist was zu fressen und dass ihr mich nicht an die Schrille verratet. Sechs Jahre war ich bei ihr und den hysterischen Viechern eingesperrt, bis mir die Tore zum Paradies der Freiheit geöffnet wurden. Ich bin ein freier Kater und werde immer und ewig ein freier Kater bleiben. Nie wieder wird ein Mensch mich einfangen, anfassen und in seiner Hütte einsperren, so wahr ich hier stehe und lebe. Egal, wie lieb und nett so ein Menschlein auch sein mag, mich erwischt keiner mehr."

Mit diesen Worten erhob er sich, drehte mir den Rücken zu, marschierte hoheitsvoll Richtung Fluss und entschwand unter den Büschen.

Logischerweise verpetzte ich ihn sofort bei meinen Kumpanen.

So einen wundervollen Artgenossen Bärli zu taufen ist eine Sünde.

War er nicht eher König Artus mit seiner gesamten Tafelrunde in einer Person???
In dieser Nacht hatte der Schlaf einen ganzen Sack von Träumen für mich dabei.
Einer war schöner als der andere.
Und ich war die lieblichste Prinzessin an Kater Artus Hof.
Gleich zu Beginn seines Balls fragte er mich ganz sanft „Willst du mein Herz?"
Und ich habe Ja gehaucht.
„Weißt du, liebste Zi Zi", fuhr er fort „ohne dich war ich nur eine halbe Katze und halbe Katzen fallen um."
Wie recht er doch hatte.
Jetzt wusste ich, früher oder später Glück oder Unglück geht alles vorüber.
Aus eins und eins wird drei. Träumen darf man ja.

Von seiner Art her war Bärli ganz schön arrokant, doch ich fand auch, dass er eine verscherfte Schnitte war.
Heimlich schlich ich ihm hinterher und fand heraus, dass er in einem alten leerstehenden Stadel an der Isen wohnte.
Einmal habe ich ihn sogar dabei erwischt, wie er sich auf dem windschiefen Balkon daran ausgiebig sonnte.
Kontakt zu Menschen und auch zu anderen Katzen suchte er nicht.

Was diesen Punkt betraf, hatte er nicht gelogen.
Einmal sah ich, wie er sich auf der Terrasse von Lani und Penny das Futter, das dort immer stand, stahl und genüsslich schmecken ließ.
Doch kaum kamen die Nachbarn in seine Nähe, war er auf und davon.

Die ersten Wochen kam sein Exfrauchen, die Heulboje, noch bei uns vorbei und ließ ihr Organ erschallen.
Sie liebte ihn eben und konnte ihre Suche nicht aufgeben.
Kaum vernahm er ihre Stimme, lief er jedes Mal wie ein Blitz über die Mauer zum Nachbargrundstück und eilte dort auf dem Uferweg zurück zu seinem Haus.

Am meisten wunderte mich jedoch Pennys Verhalten.
Er tat so, als nähme er ihn gar nicht zur Kenntnis, ließ ihn unbekümmert fressen, sobald er auf die Terrasse kam.
Wahrscheinlich bezog sich diese Großzügigkeit auf seine geliebte Lani, die Bärli sehr zu mögen schien.
Immer öfter ging sie mit ihm dieselben Wege und kam manchmal ziemlich spät nach Hause.
Komisch – einmal, als mein kleines Schwesterchen mit ihm wieder nach Hause kam, war ihr Rückenfell total zerzaust.

Was das wohl bedeuten mochte?
Lani war die Einzige, die Bärli in seiner Nähe duldete.
Mit mir miaute er auch.

Von diesem Moment an war es vorbei mit Pennys guter Laune.
Sobald Sexy-Bärli in Lanis Nähe kam, ging Penny auf ihn los.
Wütend plusterte er sich auf zu doppelter Größe, fauchte wie ein wildes Tier und verjagte den Rivalen mit gefletschten Zähnen.
Penny war eifersüchtig. Das war nicht zu übersehen und Lani gefiel das wohl sehr.
Seitdem passte Bärli immer auf, ob Penny in der Nähe war, wenn er zum Fressen kam, lief sofort weg, sobald er ihn sah.
Und Penny jagte hinterher, wobei es ihm sicherlich nicht ums Fressen ging.
Penny kannte vieles nur keinen Futterneid.
Was allerdings Lani betraf, galten andere Regeln.
Trotzdem schlich Bärli sich manchmal tief in der Nacht, wenn alles schlief, durch die Katzenklappe ins Haus und fraß alles leer, was im Wohnzimmer einladend herumstand.
Bärli hatte einen Hunger, der wirklich mächtig war.
Ein Riesenkater hat eben Riesenhunger.

Kaum waren die Teller leer, kam er zu uns und machte sich über das Futter her, das bei uns auf der Veranda für ihn bereit stand.

Ich gebe ja zu, dass ich für ihn schwärme und mich freue, wenn er zu uns kommt.
Von Rudi kann man das allerdings nicht behaupten.
Eines Morgens war Bärlis Essen zu seiner gewohnten Zeit noch nicht serviert.
Als mein Frauchen dann endlich mit dem Teller kam, sah er sie aus gebührender Entfernung aus dem richtigen Abstand heraus hoch empört an.
„Was guckst du denn so", sagte Leilani. „Ich werde doch wohl auch mal ein bisschen länger schlafen dürfen."
Kaum war sie weg, sprang Rudi auf die Balustrade und sang Bärli wütend an.
„Vielleicht machst du bald mal die Fliege."
Kaum wollte sich Bärli sein Futter holen, sprang dieser Bösewicht von seinem Platz und stellte sich meinem Angebeteten in den Weg.
„Ich hab doch gesagt, du sollst hier verschwinden", knurrte der Lümmel „oder ich hau dir eins auf die Nase."
Bärli, der König, rührte sich nicht, doch die Zeichen standen eindeutig auf Krieg.
Das musste verhindert werden.
Fauchend fuhr ich dazwischen.

Dass diese zwei Kater sich nicht leiden konnten, war nicht zu übersehen.
Diese Abneigung ging hauptsächlich vom kleineren Rudi aus.
Auch das war klar.
„Das hier ist mein Revier", kreischte er los „hier dulde ich keinen Rivalen."
„Was heißt hier dein Revier", knurrte und fauchte ich zurück.
„Das Revier hier gehört mir und du bist hier bloß geduldet. Hier bestimme immer noch ich, wer hier fressen darf und wer nicht. Auf meiner Terrasse gibt es keine Kämpfe und keine Verletzungen. Ist das klar???"

Damit hatte wohl keiner der Beiden gerechnet.
Meine imposante Erscheinung, meine kräftige Figur und meine großen rollenden Augen hatten wohl mächtigen Eindruck gemacht.
Auf jeden Fall waren die Zwei schlagartig still, auch wenn sie sich kurz zuvor noch angemault hatten.
Rudi hat sowieso großen Respekt vor mir.
Er sprang zurück auf seine Balustrade, von dort aus hinunter in den Garten und machte sich aus dem Staub.
Bärli hatte anscheinend die stärkeren Nerven, gemütlich drehte er sich um und fing an zu fressen.
Natürlich ohne sich bei mir für meine Hilfe zu bedanken.

Mit zufriedenem Gesicht blieb ich in seiner Nähe und sah dabei zu, wie es ihm schmeckte.
Hatte ich doch wieder mal allen gezeigt, wer hier das Sagen hat, wo der Bartel den Most holt.
„An deiner Stelle würde ich von der Lani mal die Pfoten lassen", flötete ich ihm zum Abschied zu.
Er schleckte sich das Mäulchen mit Genuss und meinte: „Ist ja schon gut."

Auch unseren menschlichen Familienmitgliedern schien Bärli zu gefallen, denn sie behandelten ihn alle wie ein rohes Ei.
Sein eigenwilliges Verhalten wurde von allen respektiert.
Leilani war der Meinung, dass dieses wunderschöne Tier sich dazu entschlossen hatte, Freigänger zu sein.
Im Fernsehen hatte sie erst kürzlich eine Doku gesehen, bei der das Leben von frei lebenden Katzen porträtiert wurde.
Anscheinend gibt es bei uns noch eine Rasse, die Streuner heißt, die mir bisher nicht bekannt war.
Das sollen Artgenossen in allen Größen und Farben sein, die Menschen nur als Futterstellen betrachten und gestreichelt werden eklig finden. Eine komische Rasse.
Streuner sind immer auf der Hut, weil sie oft mit euch Zweibeinern schlechte Erfahrungen gemacht haben.

„Wir sollten ihm seinen Frieden lassen", meinte mein Frauchen zu den Nachbarn. „Mit der Zeit wird er merken, dass wir ihm nichts tun. Irgendwann, spätestens wenn es im Winter zu kalt wird, oder es tagelang nicht aufhört zu regnen, wird er seine Meinung schon ändern und in die Wohnung reinkommen."
Davon waren auch die Nachbarn überzeugt.
Und sie sollte recht behalten.

Schon während des zweiten Winters traute sich Bärli zu Penny ins Haus und legte sich zum Schlafen auf das Kissen eines Stuhles, der am Esstisch stand.
Penny und er hatten sich offensichtlich wieder vertragen oder Lani hatte für Frieden gesorgt.
Jo und Linda schlichen an diesen Tagen auf leisen Sohlen durch ihr eigenes Haus, um die Miezekatze nur ja nicht zu stören.
Linda stellte dann jedes Mal den Fernsehapparat, der im Zimmer stand, auf leise oder ging zu Jo hinauf unters Dach, wo ja der zweite stand.
Unsere Menschen fühlten sich geehrt, sobald Bärli in die Wohnung kam.
Den Pakt, den sie schlossen, war eindeutig zu seinem Schutz gedacht und alle waren sich einer Meinung: Bärli wird nicht verraten, denn bei uns gilt das Heulbojenschutz-Bärli-Rettungsprogramm.

„Na – bist du zufrieden?", fragte ich Bärli eines Tages, als ich ihn draußen am Bachufer traf. „Ist alles so gekommen, wie du es dir gewünscht hast?"
Auf eine Antwort ließ er mich warten.
Dann drehte er langsam seinen Kopf in meine Richtung und grinste mich an.
„Das solltest du besser eins von den Pferden fragen, die auf der anderen Seite oft mit den Uniformierten rumreiten."
Jetzt verstand ich gar nichts mehr.
„Pferde denken viel nach und stehen der Philosophie am nächsten. Und was das Tollste ist – sie finden auch auf die dümmste Frage eine Antwort", lästerte er.

So eine Frechheit.
Ich japste nach Luft.
„Und du glaubst wohl, du bist der Himmel", kreischte ich „der Himmel bist aber nicht du. Du eingebildeter dämlicher Kater du."
Jetzt hat er mich schon wieder auf die Palme gebracht, dachte ich genervt und versprach mir selbst, nie wieder auch nur ein einziges klitzekleines Miauchen an ihn zu verschwenden.
Ein Vorhaben, das allerdings nicht allzu lange hielt, dazu ist er einfach zu unwiderstehlich.

Ja – und dann kam das Jahr, auf das ich wahrlich nur allzu gern verzichtet hätte.
Schon zu Beginn dieses Jahres war mir aufgefallen, dass Pennys Aussehen sich langsam zu ändern begann.
Sein Gesicht wurde schmaler und auch sein gemütlich dicker Bauch schmolz dahin.
Lani schien davon nichts zu bemerken.
Ein natürlicher Vorgang, denn alles und jeder, den wir täglich um uns haben, verschiebt die Perspektive.
Ich würde mal sagen, zu große Nähe schafft einen Knick in der Pupille.
Das ist bei uns Vierbeinern nicht anders als bei euch Menschen.

Richtig dramatisch wurde die Veränderung allerdings erst im Mai.
Linda werkelte wie jedes Frühjahr in ihrem Garten herum und machte dabei ein Gesicht als stünde der Weltuntergang bevor.
Beinahe zehn Jahre lang hatte Penny seinem Frauchen am 1.Mai immer einen Maikäfer gebracht.
Jedes Jahr nach demselben Ritual.
Jedes Mal verschwand er schon am frühen Morgen und kam erst zurück, wenn seine Menschen und Lani schon beim Frühstück auf der Terrasse saßen.
Wie Tarzan kam er aus dem Gebüsch, sprang auf die Mauer und von dort auf den Tisch.

Dass er etwas Größeres in seinem Maul verborgen hielt, war nicht zu übersehen, selbst wenn es nicht zu erkennen war.
Dann sprang er hoch auf die Bank, legte den Kopf auf den Tisch, blinzelte Linda liebevoll zu und öffnete das Maul.
Heraus kam immer ein großer brauner Käfer, der sofort wild auf dem Tisch herumzurennen begann.
Lani guckte verwundert und spitzte ihre Ohren, als Linda den Käfer auf ihre Hand setzte und ihn zärtlich zu streicheln begann.
„Du brauchst gar nicht so dreinschauen, Lanimaus. Das ist nichts zum fressen. Das musst du inzwischen doch wissen", sagte sie.
„Penny bringt mir jedes Jahr einen davon. Immer am 1.Mai.
Das macht er schon, seit er bei uns wohnt. So und jetzt setzen wir das Käferchen wieder ins Gebüsch und du lässt die Pfoten davon."
Wie jedes Jahr bekam Penny zum Dank dann einen Teller Schlagsahne für sein Geschenk.
Nur dieses Jahr hatte er es anscheinend vergessen.
Linda war untröstlich.
„Meinst du, Katzen kriegen Demenz", fragte sie ihren Mann, der ebenso ratlos war.
Immerhin war Penny jetzt fast zwanzig Jahre alt.
Das entspricht einem Menschenalter von über Hundert.

Auch wenn die Nachbarn sich weigerten, darüber wirklich nachzudenken, hatten die Nebel des Alters begonnen, sich Penny zu fangen.
Wie dem auch sei – Linda war so traurig über den vergessenen Maikäfer, dass sie irgendwie aussah, als hätte sie der Teufel gebissen.
Wahrscheinlich hatte sie gerade so ein Menschending, das Früste oder so ähnlich heißt.
Ihre Laune verbesserte sich den ganzen Tag kaum.
Ich wünschte mir sehnlichst, ihr fröhliches Lachen würde bald wieder ihre inneren Tränen auffressen.
Doch selbst beim Mittagessen fiel ihr Lächeln noch in den Salat.

Über den Rasenmäher im Nachbarhaus, der stundenlang seinen Garten abknatterte, regte sich komischerweise keiner auf.
Und das, obwohl der 1.Mai doch ein Feiertag ist, wo alle ihre Ruhe wollen.
Leilani schreibt gerade wieder ein Buch und lebt mit den Figuren, die darin spielen.
Wer Stift und Papier hat, verfügt über die Möglichkeit, die Welt zu verändern, hat sie einmal gesagt.
Was allerdings das Altwerden betrifft, ist sie machtlos, genau wie alle anderen Lebewesen auch.
Gegen Naturgesetze kann man halt nichts machen.

Die Zeit verging schneller in diesem Jahr.

Zumindest kam es mir so vor.
Das Frühjahr verblühte in größerer Geschwindigkeit.
Der frühe Sommer hatte bereits jedes einzelne Blatt an den Bäumen hervorgeholt, als unsere Wohnanlage neue Mieter bekam.
Eine tabakblonde Frau zog neben uns ein mit einem ebenso blondem Hund dabei.
Ich glaube, die Familie, der dieser angehört, heißt Goldener Rett-River oder so ähnlich und ist, abgesehen von seinem Geruch, eigentlich sehr nett.
Penny, obwohl er jetzt schon ein bisschen klapprig war, achtete in seinem Revier immer noch auf Ordnung.
Auch jetzt noch in seinem hohen Alter machte er sich alle zwei bis drei Stunden dicht gefolgt von seiner Lani auf den Weg, ging um das ganze Grundstück herum und kontrollierte, ob sich jemand aufhielt, der dort nichts zu suchen hatte.

Dabei hatte er vor Hunden niemals Respekt gezeigt, wofür Lani ihn maßlos bewunderte.
Verirrte sich ab und zu ein Hund, der auf der Straße seinem Menschen ausgebüchst war, in sein Revier, stellte er sich majestätisch auf und ging ruhig und furchtlos auf diesen zu.
Hunde, die für ihr Leben gern Katzen jagten, waren durch sein Benehmen so erschüttert und

überrascht, dass sie Reißaus nahmen, bevor ihnen diese verrückte Katze etwas antun konnte.
Doch mit Diva, dem Hund der neuen Nachbarin, verstand er sich anscheinend gut.
Diva war eine brave Hündin, die selten bellte und ausgesprochen lieb zu uns Katzen war.
Sie konnte wirklich kein Wässerchen trüben.
Das Verhältnis, das sich zwischen beiden entwickelte, war freundschaftlich.
Penny teilte sogar seine Leckerlies des öfteren mit ihr.
Diva durfte auch ab und zu in die Wohnung kommen, aber nur, wenn die Türe offen stand.
Manchmal legte sie sich unter die Treppe, gab keinen Ton von sich und sah Penny schwanzwedelnd dabei zu, wie er die Treppe hoch und runter ging.
Ich glaube, sie war heimlich verliebt in ihn.

Ganz anders war Pennys Beziehung zu den zwei Dackeln, die im Nachbarhaus wohnten.
Jedes Mal, wenn er bei seinem Rundgang an ihren Garten vorbei kam, kläfften sich die zwei Köter fast bewusstlos.
Ruhig wie ein Buddha saß Penny dann vor dem Gartenzaun und grinste die beiden Wilden an.
Die fürchterliche Aufregung der zwei Krummbeinigen schien ihn einfach nur zu amüsieren.

Penny meditierte so lange vor deren Zaun, bis den Dackeln die Luft ausging, sie sich erschöpft hinlegten, mit dem Gesicht auf den Boden und kein Ton mehr aus ihnen kam.
Kaum war das geschehen, erhob sich Penny, ging ganz langsam an ihnen vorbei und verschwand über eine kleine Mauer auf seinen Lieblingsweg an der Isen, wo Lani schon auf ihn wartete.

Auch wenn sie ihren Liebsten für seinen Mut und seine Gelassenheit bewunderte, war ihr Respekt vor Hunden größer.
Penny war Lanis Schutzengel, ihr Herz schlug für ihn so heftig, dass es niemals abkühlen würde.
Für sie gab es nichts Schöneres, als mit ihm in der Sonne zu sitzen und den warmen durchsichtigen Wind zu genießen.
Wind, diese lebende Luft in Bewegung, streifte dann durch ihr Fell, und sie war einfach nur glücklich.
Blind für seinen körperlichen Verfall schmiegte sie sich zärtlich an ihn.
Mir blieb nichts anderes übrig, als den bitteren Geschmack meiner Klarsicht tapfer hinunter zu schlucken.
Doch heimlich wurde aus mir jetzt ein Tränentier, denn ich ahnte, dass Schreckliches nahte.

Auch der Sommer ließ nicht allzu lange auf sich warten, und schon Anfang August wurde das Licht sanfter als an den heißen Tagen.

Mit Penny ging es bergab.
Immer öfter begann er zu schnaufen und aus seiner Nase kam weißer Schleim.
Lani und all unsere Menschen gerieten dadurch in Aufruhr und wussten sich kaum zu helfen.
Verzweifelt schleppten sie ihn von einer Klinik in die andere, doch selbst die Ärzte fanden nicht viel.
Die einen tippten auf ein Gewächs im Rachenbereich, trauten sich aber nicht, ihn wegen seines hohen Alters zu operieren.
Noch nicht einmal röntgen konnten sie den armen Kerl, denn auch dafür wäre eine Narkose nicht zu vermeiden.
Andere wiederum tippten auf Krebs und verabreichten ihm viele Spritzen.

Penny allein schien zu wissen, dass dieser Zustand altersbedingt und das Signal für die Heimreise war.
„Hör zu, Bärli", hörte ich ihn eines Tages sagen. „Die ewigen Jagdgründe rufen nach mir und ich muss meine Liebste verlassen. Du bist ein guter Kerl und ich übergebe dir mein Revier und meine Gefährtin, auf das du gut auf sie achtest.

Zu wissen, dass ein guter Kater sie hütet, würde mir die Reise erleichtern."
Bärli versprach es sich zu überlegen.

Natürlich hatte er Penny und Lani gern, aber sich wegen ihr wieder mit Menschen zu verbinden, war für ihn ein Problem.
Und so wandte sich Penny sicherheitshalber auch noch an Rudi.
„Mach dir keine Sorgen", versprach ihm dieser. „Ich danke dir für dein Vertrauen und werde Lani hüten wie meinen Augapfel. Sobald du uns verlassen hast, ziehe ich hier bei dir ein und übernehme deinen Platz. Du kannst dich auf mich verlassen. Erstens mag ich die Lani furchtbar gerne und außerdem bin ich froh, wenn ich nicht mehr bei Zi Zi leben muss."
Das hatte ich gehört und mich fast ein wenig darüber geärgert.
Musste dieser Affe mich bei Penny so schlecht machen.
Noch dazu in so einem ernsten Moment.
Obwohl er natürlich recht hatte.
„Ich bin Lanis Schwester", platzte ich in die Runde „und werde mich um sie kümmern, wie eine Mutter um ihr Kind."
Penny liebten wir alle, jeder auf seine Art.

So ließ keiner von uns etwas unversucht, ihm den Abschied zu erleichtern.

„Lani und meine Menschen sollen nichts vom Ernst der Lage erfahren", schärfte er uns immer wieder ein.

„Sie sind einfach alle zu empfindsam und ihre Angst und ihre Trauer würden meinen Aufbruch nur unnötig erschweren."

Wir versprachen es ihm schweren Herzens.

Wirklich gerne möchte ich wissen, ob Gott uns noch brauchen kann, wenn wir tot sind.

Außerdem würde ich gerne wissen, was Gott ohne uns Lebewesen wäre?

Würde es ihn dann überhaupt geben?

Von nun an nahmen wir jeden Tag ein bisschen Abschied von unserem Penny.

Abschied nehmen heißt aber auch, ein wenig zu sterben.

Allmählich fing er an, sich anders zu verhalten.

Er kam nachts nicht mehr wie sonst in sein Haus, sondern suchte sich einen Platz unter der Terrasse und schlief dort.

Dann wurde er jeden Tag dünner, dünner und dünner.

Man konnte ihm förmlich dabei zusehen, wie er abnahm.

Manchmal kippte er einfach um.

Das Essen schmeckte ihm nicht mehr und trinken wollte er auch nicht.
Noch nicht einmal all diese Leckereien, die Jo und Linda ihm mit der Hand alle zwei Stunden zu füttern versuchten, konnten ihn verführen.
Lani wich ihm nicht mehr von der Seite, versuchte ihn mit ihrem Körper zu wärmen.
Pennys Zeit fegte durchs Leben und verwandelte es schließlich in Tod und Vergangenheit.

Auch wenn wir uns alle noch so sehr dagegen wehren, läuft unsere Zeit einfach ab und ist irgendwann vorbei.
Eines Morgens lag nur noch Pennys kalter Körper unter dem Gebüsch – seine Seele war gegangen.
Mitbekommen habe ich das alles weil es bei Leilani und mir schon am frühen Morgen Sturm geklingelt hatte.
Mein Frauchen, die ja noch im Nachthemd war, wälzte sich aus dem Bett und öffnete schlaftrunken die Wohnungstüre.
Draußen standen aufgelöst in einem Meer von Tränen Jo und Linda.
„Penny hat uns verlassen. Er ist von uns gegangen", schluchzten die Beiden. „Wir haben ihn vor einer Stunde unter seinem Lieblingsbusch gefunden."

Von dieser Nachricht schockiert, wurde auch mein Frauchen blass, kreidebleich wie eine Wand und bat sie herein.
Da Kamillentee in so einem Fall nicht zu helfen scheint, stellte sie gleich die Kognakflasche auf den Tisch.
Die Luft in dem Raum wurde vor Trauer so dick, dass noch nicht einmal eine Fliege hindurch gepasst hätte.
Es war so, als hätte ein riesiges Meer die Sonne verschluckt.
„Gestern Abend kam er noch auf die Terrasse, legte sich zu uns, ließ sich streicheln und wollte dann noch um das Grundstück gehen, wie er es immer getan hat. Erst ging er ganz langsam zum Wohnungseingang, legte sich vor die Tür und schaute uns an. Also gingen wir zu ihm. Sofort stand er auf, ging mit uns ganz langsam den Gang hinunter, wobei er Ruhepausen einlegte. Sobald er auf den Parkplatz kam richtete er sich auf und begann wie früher alle Autos zu beschnüffeln. Ganz ruhig gingen wir dann zusammen mit ihm bis auf die Straße, anschließend um das Gebäude herum, bis wir wieder im Garten waren. Dort suchte er sein Lieblingsgebüsch auf und legte sich dorthin zum Schlafen. Lani war die ganze Zeit dabei, ging voraus oder hinterher und man hatte den Eindruck, dass sie alles verstand. Als sie sich jedoch an diesem Abend zu ihm legen wollte, hat er sie

verscheucht. Hätten wir doch nur geahnt, dass dies sein Abschiedsspaziergang war, hätten wir ihn zu uns ins Bett genommen."
„Und wie geht es der Lani", wollte mein Frauchen wissen.
„Sie weiß es noch nicht", schluchzte Linda „wir haben ihn in ein schönes Tuch gewickelt und an einen kühlen Ort gebracht."
„Und wie geht es jetzt weiter? Lasst ihr ihn einäschern oder wird er begraben?"

Auch Jo war, was diesen Punkt betraf, ein wenig ratlos.
„Was kann man tun, wenn die Erde im Garten zu steinig ist, um einen Toten einzubetten. Wir müssen einen Ort finden, den wir dem Toten geben können."
„Und ich will, dass er in unserer Nähe bleibt", verkündete Linda unter Tränen.
„Ich könnte es nicht ertragen, ihn auf einer Wiese zu beerdigen, die weit von uns entfernt ist. Da kann die Wiese noch so schön sein. Penny bleibt bei uns im Garten. Penny war mein ein und alles. Für mich ist die schöne Zeit nun vorbei."

Leise schlich ich mich raus in den Garten, wollte nach meinem Schwesterlein sehen. Kaum draußen, rannte mir Rudi über den Weg.

Gänzlich verstört kam er zu mir und keuchte völlig außer Atem.

„Zi Zi – der Penny liegt in der Garage, eingewickelt liegt er da auf meiner Couch und gibt kein Miau mehr von sich. Hast du Lani gesehen? Wir müssen ihr beistehen, uns sofort um sie kümmern. Das ist doch schrecklich."

Schließlich fanden wir sie draußen auf der Terrassenbank, auf dem Platz, an dem sie immer mit Penny gesessen hatte.

Völlig apathisch lag sie auf dem weichen Schafsfell, dass wie eine Höhle gestaltet war, und schaute uns an mit den traurigsten Augen, die ich jemals gesehen hatte.

„Ihr braucht nichts zu sagen", begrüßte sie uns mit schwacher Stimme „ich weiß Bescheid. Als er gegangen ist, ist ein silbernes Band in meinem Inneren zerrissen. Penny ist jetzt ein Stern, der jede Nacht für mich vom Himmel leuchten wird."

Von diesem Moment an hörte Lani auf zu fressen und auch Milch und Wasser ließ sie stehen.

Den ganzen Tag über lag sie herum und starrte betrübt in die Ferne.

Abends ging sie immer weg, so als würde sie nach ihm suchen und kam oft erst nach einigen Stunden wieder zurück.

Oft saß sie aber auch nur ganz still im Garten und schaute uns alle traurig an.

Bereits am dritten Tag wurde der Tierarzt bestellt, der Lani kurz untersuchte, aber nichts fand.
„Das ist ganz normal", versuchte er unsere Menschen zu beruhigen. „Lani ist jetzt in der Trauerphase. Machen sie ihr ein leichtes Essen wie Rührei oder gekochtes Hühnchen, dann kommt ihr Appetit bestimmt bald zurück."
Doch nichts half.
Keine noch so gut gemeinte Kocherei konnte Lani dazu bewegen, davon zu kosten.
Im Gegenteil.
All diese Aufmerksamkeit nervte sie noch mehr, und so versteckte sie sich in Lindas Kleiderschrank.
Alles was sie wollte, war ihre Ruhe.
Leilani, mein Frauchen, heulte nun auch schon seit Tagen.
Auch wenn Lani vor Jahren zu Penny und den Nachbarn gezogen war, blieb sie doch immer ihre Katze, die neben ihrem Bett vor fast zehn Jahren das Licht der Welt erblickt hatte.
Hilflos dabei zuzusehen, wie Lanis Licht täglich verblasste, brach ihr fast das Herz.

Eine Woche hat es gedauert.
Dann hatte Lani den Weg zu ihrem Liebsten gefunden.
Es gibt eine Liebe, die, wenn sie einmal verletzt ist, nur im Vergessen des Todes Ruhe findet.

Lanis Herz ist in einer mondhellen Nacht zersprungen.

Am nächsten Morgen fand Linda sie an derselben Stelle unter dem Gebüsch, die Penny schon als Startrampe ins Universum gedient hatte.
Ihr Verlust nach so kurzer Zeit war für uns alle ein Höllenfeuer, das uns ansengte.
Linda war durch den Verlust von Penny durch all diesen Kummer schon so mager geworden, dass sie beinahe aus den Kleidern fiel.
Ich finde, das Leben ist ohne Probleme auch nicht leicht, doch ein Verlust von zwei geliebten Wesen setzt dem Ganzen die Krone auf.
Weinend saßen Linda, Jo und Leilani auf der Couch und hielten die erkaltete Lani im Arm.
„Lani ist das Herz gebrochen", schluchzte Leilani. „Zwischen den Beiden war eine Liebe, die selbst der Tod nicht scheiden konnte. Dagegen sind Romeo und Julia ein Dreck."
Noch nicht einmal Jo schämte sich seiner Tränen.
„Danke, dass wir dich und Penny erleben durften", flüsterte er Lani zu, während er zärtlich ihren Kopf streichelte.
Er gab sich als erster einen Ruck.
„Kommt, wir bringen sie jetzt zu Penny und überlegen uns dann, wie wir die Beiden zur Ruhe betten."

Für uns Katzen brauchte der Mohn des Vergessens nicht zu wachsen. Weder zaghaft noch schnell.
Gemeinsam begleiteten wir unsere Menschen in die Garage, in der Penny noch immer lag, sahen dabei zu, wie Lani zu ihm gelegt wurde.
Selbst Bärli und Rudi waren friedlich und fauchten sich trauernd nicht an.
An diesem Tag saßen die Menschen bis tief in die Nacht auf der Terrasse, tranken Wein und erzählten sich all die Geschichten, die sie mit beiden erlebt hatten.
Immer, wenn man erzählt von dem Leben zweier Wesen bringt es diese zurück.
So manifestiert man das Königreich der Liebe.

Linda war die Erste, die sich verabschiedete.
„Morgen kaufe ich einen riesigen Blumentopf, Erde und eine schöne Pflanze", verkündete sie zum Abschied.
„Dann tragen wir unsere beiden Liebsten zu Grabe."
Von dieser Idee waren alle begeistert.
Wäre ja auch gelacht, wenn eine Innenarchitektin wie sie keine letzte Ruhestatt für ihre Liebsten gefunden hätte.

Die Grablegung des Liebespaares am nächsten Tag war wunderschön, obwohl es so traurig war.

Der Blumentopf, groß wie ein kleines Kinderplanschbecken fand seinen Platz unter dem mächtigen Baum rechts vom Haus, auf dem auch das Futterhäuschen der Singvögel hängt.
So als hätten sie gewusst, dass heute ein besonderer Tag war, sangen sie schön wie Nachtigallen.
Zuerst wurden Kieselsteine in den Topf getan, die mein Frauchen noch mit einer Tüte kleiner Rosenquarzsteine vermischte.
„Rosenquarz hat sanfte Schwingungen", erklärte sie den Anderen. „Das wird die Beiden in schöne Ruhe betten, weil das Liebesschwingungen sind."
Noch nicht einmal Linda, die sonst mit Esomist wenig anfangen konnte, hatte was dagegen und weinte nur still vor sich hin.
Als nächstes kam weiche, dunkle Erde in den Topf, auf den Linda ein rosa Seidentuch legte.
Mit hängenden Schultern gingen dann alle zur Garage und holten die Beiden ab.
Linda und Jo trugen Penny, Leilani hatte Lani auf dem Arm.
Rudi, Bärli und ich warteten auf der Terrasse und konnten von dort aus in den Grabestopf hinunterschauen.
So konnten auch wir uns von ihnen verabschieden.
Es sah so friedlich aus, wie die zwei da auf der rosa Fläche lagen.
Eng umschlungen, so als würden sie nur schlafen.

Linda hatte griechische Musik aufgelegt, die sehnsuchtsvoll durch die Lüfte schwang.

Bevor sie mit Erde zugedeckt wurden, streuten alle Rosenblätter auf die Zwei, denn Rosen waren Lanis Lieblingsblumen gewesen.
Als das Grab dann mit Erde zugedeckt war, wurde eine Stockrose darauf gepflanzt, mit prächtigen rosa Blüten daran, die wunderbar rochen.
Ganz zum Schluss hielt Jo eine Rede.
„Die Erinnerung an euch – Lani und Penny – und eure große gelebte Liebe soll für immer erhalten bleiben, die Welt bereichern und verschönern, sowie der Duft dieser Rosen, die hier auf eurer Grabstätte blühen. Ihr habt unser aller Leben bereichert und wir danken euch für jede Sekunde, die ihr mit uns geteilt habt. Ihr habt uns eure Liebe geschenkt, uns nichts als Freude gegeben, uns getröstet, wenn wir traurig waren und uns so oft zum Lachen gebracht. Ruhet nun in Frieden und seid für alles gedankt."

Ja, liebe Menschen – das war die Geschichte, die ich euch erzählen wollte.
Das ist alles, was ich weiß, über die unsterbliche Liebe zwischen Penny und Lani.
Nehmt euch ein Beispiel daran.

Und seien wir doch mal ganz ehrlich, findet ihr nicht auch, wir Katzen sind eigentlich die besseren Menschen.

Epilog

Schwer war die erste Zeit nach dem Verlust von Penny und Lani. Es fühlte sich an wie verlorene Zeit. Verlorene Zeit kannst du solange suchen wie du willst – du wirst sie nicht finden.

Aber dann, eines Tages, begann eine neue Zeit, ausgelöst durch ein kleines großes Wunder. Lindas Leben hatte sich durch den Tod ihrer geliebten Katzen in eine einzige Nacht verwandelt.
„Nie wieder will ich eine Katze", schluchzte sie immer wieder „so einen Schmerz halte ich nie mehr aus." Erschöpft von Trauer und Sehnsucht ähnelte sie an manchen Tagen einer gut erhaltenen Leiche.
Jos Augen schwammen davon, was oft so wirkte, als sei ihm das Meer bis dorthin gestiegen. Beider Sehnsucht nach ihren Liebsten war so stark, dass er Eisblöcke zum Schmelzen gebracht hätte.

Auch die Nerven von uns Miezen und von Leilani waren geschüttelt wie das Geäst eines Baumes bei starkem Wind. Mein Frauchen hat wahrhaft ein starkes Einfühlungsvermögen. Schmerz von anderen erlebt sie wie ihren eigenen. Einsamkeit kann einem durchfahren, wie stechender Schmerz.

Rudi war das beste Beispiel dafür. Ihm steckte die Trauer voll in den Knochen. Er wurde immer dünner und sah schon fast aus wie ein magersüchtiger Sumokämpfer. Auch bei meinem Frauchen gab es immer wieder Tage, an denen die Wimpern schwer wurden und die Tränen kullerten. Wenn das Unglück erst einmal da ist, gesellt sich das Pech gerne dazu. Das ist der Normalfall – doch bei uns geschah etwas anderes – wir erlebten ein Wunder.

In jener Nacht, in der sich das Wunder ereignete, thronte am Himmel ein fast voller, fettleibiger Mond. Rudi und Bärli hatten wochenlang um das frei gewordene Revier gestritten. Dieses ewige Gekreische und Gefauche ging uns allen auf die Nerven und trug nicht dazu bei, die trauernden Nachbarn zu trösten.

In dieser Nacht platzte mir plötzlich der Kragen.
„Was denkt ihr eigentlich, ihr zwei blöden unsensiblen Kater? Seid Ihr noch ganz knusprig? Seht ihr nicht wie schlecht es Linda und Jo geht? Überlegt euch besser endlich, wie ihr sie trösten könnt. Und was dich betrifft Bärli – du bist ein Riesenegoist und so einfühlsam wie Hühnerkacke. Hört endlich auf nur dumm herum zu blablahen Unternehmt was in Dreiteufelsnamen."

Was folgte auf dieses Strafgericht, war angestrengtes Schweigen. Dann machten sich beide geknickt aus dem Staub. Eines der schönsten

Dinge, die es im Leben gibt, ist das Staunen. Und wir alle staunten nicht schlecht. Bärli ließ sich zwar seit Jahren füttern, er hatte in der Nachbarwohnung öfter mal übernachtet, doch streicheln oder anfassen durfte ihn keiner. Niemand von uns hätte es für möglich gehalten, was kurz darauf geschah.

Linda saß traurig wie immer auf ihrem Fernsehstuhl, als Bärli ganz vorsichtig in die Wohnung kam.
„Hallo Bärli", wurde er von ihr begrüßt.
Noch ehe sie begriff, was geschah, sprang er auf ihren Schoß und leckte ihr das Gesicht, das von Freudentränen bald ganz nass war.
Linda flog auf Bärlis Zärtlichkeiten wie eine Biene auf Nektar. Stundenlang ließ er sich von ihr knuddeln und streicheln, bekam gar nicht genug davon.
„Ja ich liebe dich und du bist jetzt mein Frauchen ich habe dich erwählt", schnurrte er ihr selig ins Ohr „und ich werde immer dein Kater sein."

Rudi schnappte sich Jo und schläft seitdem glückselig mit ihm in dessen Bett.
Uns andere faucht Bärli immer noch an und ab und zu verkracht er sich auch mit Rudi, der sich dann zu Leilani und mir in die Wohnung verzieht. Aber immer nur ganz kurz.

Ihr Menschen werdet niemals gefragt, ob ihr uns haben wollt oder nicht. Wenn wir euch lieben und erwählen, habt ihr keine Chance. In diesem Punkt sind wir einfach fitzeflink. So seid glücklich mit uns und genießt euer Leben von Herzen.

Ein dreifaches Miau

Eure Zi Zi Peh

Autorin:

Ingeborg Maria Kretschmer (Künstlername Cleo)
Sternzeichen: Wassermann
Geb. 1951 im Bayerischen Wald
Beruf: Schauspielerin und Autorin
In dem Buch spielt sie die Rolle der Leilani
Zi Zi's Schreibweise ist manchmal speziell.
Worte will sie so geschrieben haben, wie sie diese empfindet.
Das wirkt manchmal komisch.
Naja – ihr Wille geschehe.

Cover und Bilder
Hans-Jürgen Müller
Sternzeichen: Waage
Geb. 1949 in Nörten-Hardenberg
Beruf: Industriekaufmann
Fußballfan und Katzenliebhaber
Lebensgefährte und Beschützer des Liebespaares Penny und Lani.
In diesem Buch spielt er die Rolle des Jo.
All die Miezenkatzen, die sonst in der Geschichte vorkommen, lieben das „Hotel Jo" über alles. (kein Wunder bei dem Futter, das es dort immer gibt.)
All die Miezen, die auch in Zukunft bei ihm logieren, bedanken sich vorsorglich schon jetzt mit einem herzlichen Miau.